간호사를 사랑하게 된
워킹 맘

간호사를 사랑하게 된 워킹 맘

초판 1쇄 인쇄   2010년 10월 02일
초판 1쇄 발행   2010년 10월 12일

지은이 | 염미정
펴낸이 | 손형국
펴낸곳 | (주)에세이퍼블리싱
출판등록 | 2004. 12. 1(제315-2008-022호)
주소 | 서울특별시 강서구 방화3동 316-3 한국계량계측회관 102호
홈페이지 | www.book.co.kr
전화번호 | (02)3159-9638~40
팩스 | (02)3159-9637

ISBN 978-89-6023-440-6 03810

간호사를

사랑하게 된

워킹 맘

| 에세이 작가총서 322 | **염미정** 지음

ESSAY

들어가며

모두가 성공을 향해 하루하루 열심히 살아간다. 하는 일은 다르지만 저마다 자신의 자리에서 성공을 꿈꾼다. 다른 직종에 대해서는 잘 모른다. 하지만 사람이 하는 일이기에 일하면서 겪는 고충은 비슷할 거라고 생각한다.

대부분 여자로 구성된 간호사들의 세계는 다른 직종과는 또 다른 색깔을 가진다. 결혼도 했고 두 아이의 엄마인 나는 감히 미혼의 간호사들과 더불어 앞으로도 계속 일하고 싶다는 소심한 욕심을 부려본다.

지금처럼 조금씩 조금씩 노력한다면 평생 동료들에게 피해주지 않고 체력이 허락하는 한 계속해서 간호사 일을 할 수 있겠지?

대부분 직장인들처럼 결혼과 출산 그리고 육아를 위해 잘 다니던 대학병원을 사직했다. 아주 잠시 자유를 누렸고 행복했다. 시간이 흐르면서 일을 하고 싶다는 생각이 간절해졌다.

하지만 재취업을 하려 해도 육아문제가 쉽게 해결되지 않았다.

일을 선택함에 있어서 내가 하고 싶은 일보다는 육아를 병행할 수 있는 곳을 찾아야 했다. 마음속 갈등이 심했지만 내가 한 선택에 대해 의미를 찾으려고 노력했다. 비록 현재 상황을 고려하여 소박한 선택을 했지만 난 작은 일에도 최선을 다했고 좋아하려고 노력했다.

그로 인해 감사도 배우게 되었다.

이것도 성공이 아닌가? 이런 과정을 사람들과 함께 나누고 싶다.

내가 쓴 지난 일기를 읽어보며 좀 더 확신을 갖게 되었다.
계속 한다면 내가 진정 꿈꾸는 일이 이루어질 거라는 확신 말이다.
사람들이 내게 꿈이 뭐냐고 묻는다면 행복한 가정을 유지하면서 훌륭한 간호사가 되고 싶다고 대답할 것이다.
세상 속 잣대로의 성공은 어렵겠지만 내가 하고 있는 일에 대한
의미를 찾아가는 이 과정을 즐기고 싶다.

이 책이 간호사가 되고 싶은 사람, 간호학과 학생, 대한민국 간호사,
가슴에 사직서를 품고 있는 간호사 선생님, 매너리즘에 빠진 직장인, 워
킹 맘, 대한민국 아줌마, 직업의 의미를 찾고자 하는 분들께 읽혀져 조
금이라도 도움이 되기를 바란다.

엄마가 이 세상에서 가장 훌륭한 간호사라고 믿고 있는 내 보물 재학
과 재호 그리고 나의 영원한 후원자인 존경하는 남편과 출간의 기쁨을
나누고 싶다. 아울러 이런저런 핑계로 감사의 표현을 하지 못하고 살았
는데 이 자리를 빌려 특별히 감사의 말씀을 전하고 싶다.

대학원에 다닐 수 있도록 아낌없는 지원과 희생을 해주신 시부모님,
부족한 딸을 늘 최고라고 말씀해 주시는 친정 부모님,
대학병원 재직 중에 공부할 수 있도록 배려해주신 김호영 선생님,
친구 경화를 비롯하여 나와 함께했던 입사 동기와 선후배님들,
숭실대학교 사회복지대학원 오수희 교수님과 저를 아는 모든 분들께
감사드립니다.

이 책을 읽는 모든 분들이 삶 속에서 의미를 찾는 데 성공하시길 간절
히 바랍니다.

2010년 10월 염미정

목차

갈등의 해:

2005년

Part1

■ ▨ ▨ 2005. 6. 2. 목요일

내가 정말 훌륭한 간호사일까?
난 왜 이렇게 작고 모순투성이일까?
내가 과연 성공한 삶, 만족스러운 삶을 살 수 있을까?
죽고 싶다…….

진로도 불투명하고…….
잠시 뒤를 돌아보자.
나보다 더 힘든 사람을 생각해보면…… 흠~~~~ 답이 나올까?

대학병원에서 지역사회로 나와 종합사회복지관에서 근무할 당시, 간호사로서의 정체성
확립이 내게는 무엇보다 큰 과제였다. 누구도 내일을 알 수 없다. 그냥 즐기면서
계속하다 보면 정말 하고 싶은 뭔가를 발견하게 되겠지?

■ ▨ ▨ 2005. 6. 20. 월요일

순간순간 참을 수 없는 내 감정들…….
이런 것들을 잘 극복해야 어른인데…….
오늘 오전을 보내면서 몇 번씩 내게 그런 위기들이 있었다.

■ ▨ ▨ 2005. 6. 21. 화요일

오늘도 몇 번의 위기를 넘기면 또 하루가 갈 거야~~~
삶 자체가 위기인 것 같다!!

남편도 자상하고 아이들도 별 탈 없이 잘 자라고 있는데
난 왜 이렇게 공허하지?
누구 말대로 배가 불러서 그런 건가?

가끔씩 내게 약속도 없이 찾아오는 위기!!
위기와 친해지는 것도 성공한 삶을 향한 발걸음이다.
내가 공허한 이유는 아마도 내 속에서 꿈틀거리는 욕심 때문이 아닐까?
이럴 땐 감사가 약이다!!

■ ▨ ▨ 2005. 6. 22. 수요일

죽고 싶다.

다 거짓말이다.
내가 감당할만한 시련만 주실 거라 했는데…….
아닌 것 같다.

슬프다.
속상하고 화가 난다.
자꾸……
자꾸……

자존심에 상처를 입었었나 보다. (토닥토닥)
내가 최고이고 싶은 마음속의 욕심을 버려야 한다. 여긴 병원이 아니다.
한없이 나를 낮추어 배우고, 내가 해야 할 것이 무엇인지를 찾아야 할 때다.
내려놓기 연습이 필요하다.

아침이 시작되었다.
여전히 비가 내린다.

지금 나 염미정은 정말 잘 지내고 있는 걸까??
사랑하고 열정적으로 일하며 그렇게 살 수 있는 걸까??
그래야지……
지금은 힘들지만 나중엔 웃을 수 있으면 좋겠다.

긍정과 끊임없는 자기암시는 앞으로 나아갈 수 있는 최고의 보약!

또 하루가 시작되었다.
우울하다.
눈물이 날 것 같다.
안 돼~~~!!
절대 안 된다.
더 이상은 안 된다.

내가 어떤 상태인지 인식되었을 때, 더 이상 내게 도움이 되지 않는 생각과 행동을 하고
있을 때 stop을 외쳐야 한다. 그리고 즉시 실천해야 한다.

■ ▦ ▦ ▨ **2005. 7. 4. 월요일**

헉~~~ 왜 이렇게 고민이 많지?

치매 전문 간호사?

가정 전문 간호사?

사회복지 대학원?

간호 대학원?

상담 대학원?

NCLEX-RN?

역시 배부른 고민이다.

아줌마, 그것도 아이가 둘씩이나 있는 아줌마가 말이다.

내게도 훌륭한 관리자로 일할 수 있는 기회가 올까?

그런 기회가 정말 올까?

그러려면 타이틀도 있어야 하고 무지 많이 노력해야겠지?

염미정!!

넌 잘할 수 있을 거야~~~

너 욕심쟁이잖아…….

사랑도~~~ 일도~~~

하나님 도와주세요!!

나는 하나님을 잘 모른다. 교회에도 잘 나가지 않는다.

그렇지만 힘들 때나 급할 때나 하나님을 먼저 찾는 것을 보면 하나님께서 나를 보이지

않게 사랑하시는 것 같기도 하고, 하나님과 친한 사이인 것 같기도 하고…….

하나님과 나는 그런 관계다.

내가 꿈꾸는 훌륭한 관리자!!

그런 관리자가 되려면 타이틀보다는 풍부한 경험과 관리자로서의 기본적인 자질을

갖추는 것이 필요한 것 같다. 좀 더 살아봐야 하겠지만 지금까지 고민한 결과이다.

그냥 이대로 계속하면 되는 거다.

■ ▨ ▨ 2005. 7. 11. 월요일

난 역시 밴댕이 속인가 보다.
이런 일로 맘 상한 거 보면 말이다.
어찌 이리도 눈에 보이게 속이 좁은지 참 창피하다.
정말 속상하다.

감정을 너무 쉽게 드러내는 건 위험한 일인 것 같다.
한 템포 늦춰서 생각하는 연습을 할 필요가 있다.
말을 안 해서 후회하기보다는 말을 해서 후회하는 일이 더 많다는 것을
살면서 깨닫고 있다. 입을 아름답게 사용해야 한다.

■ ▨ ▨ 2005. 7. 12. 화요일

오늘은 또 어찌 이런 일이…….
정말 죽어라죽어라 하는군!!
하나님께서 교만한 나를 더 이상 참지 못하여 내게 벌을 내리신 게다.

염미정!! 너 아무리 말하고 싶어도 더 이상 말하지 않기로 했잖아.
세상이 그렇게 만만하진 않거든…….

암튼 최대한 자중하자~~~
최대한……!!

몇 년이 지난 지금, 그때 무슨 큰일이 일어났었는지는 모르겠지만
최대한 자기 조절을 하는 내 모습이 대견스럽다.
대단히 큰일이었던 것 같긴 한데 지금은 기억도 나지 않는 걸 보니
세월이 약이라는 말과 함께 다 지나갈 거라는 어른들의 말이 새삼 와 닿는다.
힘들 땐 적극적으로 맞서고, 그래도 안 될 때는 시간에 맡기고,
하나님께 의지하는 것이 정답인 것 같다.
잘 모르지만 모든 것이 하나님의 뜻대로 이루어질 거니까 기다리면 되는 거다.

■ ▩ ▩ **2005. 8. 9. 화요일**

분노를 다스려야 한다.
입으로 드러내지 말자.
성경에도 혀라는 것이 간사하고 무서운 것이라 했다.

그냥 현실에 감사하고 하나님께서 내게 주신 선물을 감사히 받고
열심히, 조용히, 묵묵히 살자!!

그러자^^*

일기를 쓰는 것은 참 좋은 습관인 것 같다.
내게 많은 유익을 주니까 말이다.
일기를 쓰다 보면 어느 정도 분노가 조절된다.
그리고 나를 매우 가까이에서 보게 된다.
앞으로도 일기 쓰는 일을 게을리 하지 말아야겠다.

하나님~~~ 제가 이 나이에 마지막으로 도전하는 일입니다.
부디…… 제가 잘할 수 있도록 기회를 주세요.
부디……!!
소리 없이 조용히 진행될 수 있도록,
인내하며 겸손하게 기다릴 수 있도록,
마무리 잘할 수 있도록 해주세요.

저 잘할 수 있겠죠?

기억이 잘 나지 않는다. 뭐지? 또 뭘 도전한다는 게지?
아마도 이직을 고려하고 있었던 것 같다.
100미터 달리기에서 총성이 울렸다면 철저히 집중하며 앞만 보고 달려야 한다.
아직도 마음을 잡지 못해 흔들리고 있음이 느껴지는 글이다.

너무나 불투명한 내 미래.
불안…… 불안……
아이들은 커가고, 나는 나이가 들어가고 이래저래 불안 불안하다.

죽을 만큼 우울하다.
뭔가를 즐겁게 이루어 낼 수 있도록 내게 힘을 주소서!!
제가 다시 출발할 수 있도록 도와주세요!

왜 불안한 걸까?

그때는 내가 답을 회피하려고 했기 때문이다.

이미 나는 답을 알고 있었다.

가치가 상이하다면 과감하게 결정을 내려야 하겠지만

그게 아니라면 초심으로 돌아가 천천히 잘 생각해봐야 한다.

일단 배우려는 자세보다는 겸손하지 않은 나의 속내가 보여서 부끄럽다.

또한 일에 대한 절실함이 없다. 그래서 갈팡질팡하고 있는 거다.

답이 없을 땐 지금 내가 맡은 일에 최선을 다하고 있는가에 대한 질문이 필요하다.

일에 대한 열정이 없다면 과감하게 포기해야 한다.

다행이다.

나를 괴롭혔을 많은 고민들 속에서도 그만두지 않고 계속한 내가 지금은 새삼 고맙다.

만약 그만뒀더라면 지금의 내가 없었을 테니 말이다.

100미터 달리기를 할 때에는 앞만 보고 달려야 하지만,

마라톤을 하려면 중간 점검이 필요한 것 같다.

■ ▩ ▩ ▩ **2005. 8. 19. 금요일**

토할 것 같다.

눈알이 튀어나올 것 같다.

하기 싫다.

새로운 뭔가가 필요하다.

가슴이 답답하다.

아~~~~~~

소리를 지르고 싶다.

뭔가 자극이 필요하다.

자꾸 가라앉는다.

고민은 최대한 짧게 끝내야 한다.
오래 고민한다고 해도 답이 나오지는 않으니까 말이다.

■ ▪ ▫ **2005. 8. 23. 화요일**

부디~~~ 부디~~~

오늘도 화창한 하루를 주시어 감사합니다.
좀 더 분발하여 열심히 하루를 살고 싶습니다.
어제보다는 나은 오늘이었음 합니다.
잠시나마 매진할 수 있는 지혜와 힘을 주시어 감사드립니다.
좋은 날씨, 바람…….
하나님 안에서 행복한 하루를 채우도록 노력하겠습니다.

하나님께서 원하는 것이 뭔지도 잘 모르면서 말끝마다 하나님을 찾는 내가 부끄럽다.
다른 사람들이 보면 내가 독실한 기독교인인 줄 알겠다.
하지만 일기를 읽으면서 느낀다.
내가 방황할 때마다 하나님께서 늘 나와 함께하셨음을 말이다.

■ ▪ ▫ **2005. 8. 24. 수요일**

아무것도 믿지 말아야지.
오직 하나님이 정해주시는 대로!

그런데 여기선 더 이상 버틸 힘이 없는 것 같다.

어쩌지?

이래저래 어떤 방법으로든 도와주시리라 생각한다.

마지막까지 최선을 다해서 반드시 좋은 결과가 있기를 기대해본다.

■ ■ ■ **2005. 8. 30. 화요일**

이제 어쩌지?

정말 이제 어쩌지?

아~~~~ 정말 죽고 싶다.

이제 여기저기 알아보는 것도 지겨운데…….

어쩌지?

하나님 제가 너무 오만방자해서 절 버리신 거죠?

또 좋은 일이 있으리라 생각되지만 너무 우울하네요.

이직하려던 계획이 잘되지 않았나 보다.

그때는 심각해 보이는데 지금 일기를 읽으면서 자꾸 웃음이 나오는 이유는 뭘까?

지금 생각해보면 모든 것이 하나님의 뜻이었던 것 같다.

만약 복지관에서 근무하지 않았더라면 겸손을 몰랐을 것 같다.

지금처럼 따뜻한 사람이 아니었을 거다. 지금도 부족하지만 말이다.

다른 직종을 진심으로 존중하지 못했을 거다.

꼭 그런 걸 경험해봐야 아냐고 하겠지만 난 그렇다.

복지관에서 근무하면서 다른 직종에 대한 존중을 몸소 느끼며 배웠다.

대부분이 사회복지사였고 나 혼자 간호사였다.

간호사 외에도 하나뿐인 직종이 많았지만 말이다.

그 외로움을 조금은 알기에 나와 비슷한 상황에 있는 사람이 있다면 지금은 따뜻하게
대해줄 마음의 여유가 생겼다. 내가 운이 좋았던 것 같다.
함께 근무했던 사회복지사 선생님들이 모두 따뜻한 사람이었기에 견딜 수 있었던 것
같다. 하나님은 거기서 내가 이런 걸 깨닫기를 바라셨던 것 같다.

■ ▨ ▨ 2005. 9. 18. 일요일

오늘이 마지막이라고 생각한다면 하루를 충실하게 살아갈 수 있을까?

힘들다고 지나치게 티를 내고 어머님과 아버님께 불효를 한 것 같다.
부모님과 함께한 시간이 그렇게 긴 시간이 아닌데 왜 그렇게 티를 냈을까?
오만방자함이 하늘을 찌른다.
진심으로 반성해야 한다.

속상하다.
왜 나는 시댁에서 며느리로서 해야 하는 일들이 의미가 없다고
생각되는지 모르겠다.

효도가 별 건가?
원하시는 대로 그렇게 해드리는 것이 최고인 것을 말이다.
좀 더 잘해드려야겠다.
나와 다른 문화를 가지고 있다고 하더라도 사랑하는 내 남편의
부모님이니까 참고 견뎌야겠다.
어머님!! 아버님!! 죄송해요.

이 시기에 나는 대학병원 이직 후 선택한 복지관 간호사로서도 적응해야 했고
가족 내에서도 아내로서, 엄마로서, 며느리로서도 아직은 미흡한 상태였기에 힘든
시기였었다. 아직도 그때의 느낌이 생생하다.

대한민국 아줌마는 왜 이렇게 고민을 많이 해야 하는 거지?
인생의 전환기에서 성공하려면 빠른 적응력이 필요하다.

대학 다닐 때 나는 전문대학에 진학했다는 이유로 저하된 나의 자존심을 토닥거리느라
한동안 시간을 보내야만 했다.
(지금은 전문대학도 많이 각광받고 있지만 그때는 그렇지 않은 분위기였다.
특히 좁은 시골에서는 더욱더 그러했다.)
그러나 나는 공부를 선택했다.
그것만이 나의 자존심을 다시 회복할 수 있는 길이라 생각했다.
아주 독한 학생이 되어야만 좋은 성적을 낼 수 있었다.
졸음을 달래기 위해 빈속에 마신 커피를 가끔 토하기도 했다.

그러한 나의 선택에 약간의 아쉬움이 남지만 후회는 없다.
그때가 있었기에 내가 원하는 대학병원에 무난히 취업할 수 있었다.
거기선 얻은 것이 많다.
1) 사회생활의 시작을 내가 실습했던 곳에서 할 수 있었고,
원하는 부서인 응급실에서 간호업무를 익힐 수 있었다.
2) 더 나은 간호를 위해 RN-BSN 진학의 기회도 가졌다.
3) 선배에게 타지 않고 즐겁게 일하는 방법도 터득했다.
    (속물이라고 욕하지 말길 바란다.
    나도 살아야 했으니까 그때는 그런 것도 스스로 터득해야 했다.)
4) 열심히 했기에 부끄럽지 않은, 자랑스러운 응급실 경력을 갖게 되었다.

물론 누적된 피로와 잦은 감기로 인해 중이염 수술을 한 아픈 경력도 있지만 말이다.
시부모님과의 관계도 대학 다닐 때처럼 적극적으로 노력하면 잘할 수 있을 거다.
좀 더 가까워질 수 있는 구체적인 방법들을 찾아봐야겠다.

■ ▨ ▨ **2005. 9. 22. 목요일**

직접 체험한 것만이 오래 남는 것 같다.
갑자기 왜 이런 생각이 드는 건지…….

임상을 떠난 나.
간호사로서의 감각을 영 잃어버린 것 같은 느낌.

내가 복지관에 계속 있어도 되는가?
힘들어도 간호사는 임상에 있어야 하나?
이 순간 모든 갈등이 내 머리를 스치고 지나간다.

하나님! 부디…….
지금 하고 있는 일로 인해 후회가 되지 않게 하소서!

변화란 누구에게나 두려움을 주는 것 같다.
익숙함에서 벗어나는 것은 잠시 내게 불편함을 줄 뿐이다.
잘 적응하면 또 익숙해진다.
이것이 융통성 없는 내가 변화를 통해 얻은 것이다.
난 앞으로도 변화와 친해질 것이다.
그로 인해 내가 원하는 삶과 가까워질 수 있기를 기대해본다.

■ ▨ ▨ 2005. 10. 31. 월요일

대학병원에서 함께 일했던 간호사들과 모임이 있었다.
종알종알 내 얘기를 할 수 있어서 좋았고,
각자의 영역에서 어떻게 살고 있는지를 들을 수 있어서 좋았고,
대화를 하면서 나를 정리할 수 있는 시간을 갖게 되어 좋았다.
이렇게 좋은 모임이 또 어디 있으랴.

가끔씩 찾아오는 감정의 변화들을 잘 다스려야 한다.
어제 결심했듯이 늘 하나님 말씀대로 진지하게 살아야겠다.

후배들도 모두 잘살았으면 좋겠다.
계획한 대로 잘살아간다면 내가 하는 일도 잘될 거다.

대학병원에서 함께했었던 동료들의 모임은 나를 객관적으로 볼 수 있도록 도와준다.
다양한 곳에서 일하고 있는 후배 간호사와 내 동기들은 내게 다양한 정보와 함께
진로 결정에 많은 도움을 준다.
긍정적인 에너지를 가득 담아 올 수 있기에 난 이 모임을 좋아한다.
가끔 내 모습을 냉정하게 바라보며 상대적으로 좌절감이 느껴질 때도 있지만 말이다.

■ ■ ■ 2005. 11. 14. 월요일

계속되는 갈등이 지겹다.

삶은 갈등의 연속인 것 같다.

■ ■ ■ 2005. 11. 25. 금요일

오늘도 쓸데없이 으스대면서 의기양양하고 기고만장한 하루였다.

염미정!! 제발 그만 좀 해라…….

하나님!!
오늘 하루도 차분히 하고 있는 일에 집중할 수 있도록 도와주세요.

가끔 올라오는 교만은 의도적으로 조절해야 한다.
겸손이라는 이름으로 말이다.

겸손하게 오만방자하지 않게 말씀 안에서 행복한 하루를 보낼 수
있도록 도와주세요.
화목한 가정이 될 수 있도록 도와주세요.
화내지 않고 지혜를 발휘할 수 있도록 도와주세요.
사랑으로~~~~~~~~~~

진심으로 바라면 이루어진다.

가만히 생각해보면 난 정말 괜찮은 사람인 것 같다.
그런데 왜 이렇게 잘 안 풀리지?

염미정!!
넌 어렸을 때부터 똑 부러진다는 소리를 많이 들었으니까 잘 될 거야.
시간이 걸릴 뿐이야.
절대 그만두지 말고 마지막까지 최선을 다하는 거야.
계속하는 거야.
멈추지 않는다면 원하는 걸 얻을 수 있을 거야.

염미정~~ 파이팅!!

칭찬은 고래도 춤추게 한다.
타인의 칭찬보다 자신에게 받는 칭찬은 더 많은 긍정적인 에너지를 갖게 하는 것 같다.
스스로에게 부끄럽지 않은 사람이 되길~

■ ▤ ▨ 2005. 12. 1. 목요일

아무래도 커피중독인가 보다.
또 잠이 오지 않는다.
아마도 고민이 있나 보다.

의미 있는 고민이라면 건강을 해치지 않는 범위 내에서
깊이 빠져보는 것도 괜찮은 것 같다.

■ ▤ ▨ 2005. 12. 2. 금요일

요즘은 우울함이 자주 찾아온다.
내가 잘하고 있는 건지, 정말 잘살고 있는 건지 모르겠다.

잘 모르겠다.
정체성 상실~~~
내가 진정 간호사가 맞나…….
남의 것만 기웃거리고 있는 건 아닌가?

그 속에서도 간호사로서 할 수 있는 것이 무엇인가를 찾는 것이 중요한 것 같다.
내가 존재하는 이유를 찾아야 할 것이고, 왜 그곳에 있는가를 생각하는 것이 중요하다.
그때 나는 다른 직종의 일이 신선하게 느껴졌고
내가 하면 더 잘할 것 같은 욕심이 생겼던 것 같다. 그러나 그건 교만이었다.
다른 사람들도 간호사의 업무에 대해 그렇게 생각할 수도 있을 것이다.
그건 그 일에 대해 편하고 좋은 점만을 보았기 때문일지도 모른다.
어떤 일이든 자세히 들여다보면 나름의 어려움이 있게 마련이다.
이런 내 안의 작은 흔들림과 혼란으로 인해 내 일의 소중함을 깨닫게 되었던 것 같다.

하나님은 주기적으로 내게 괴로움을 주신다.
너무 편안하면 느슨해질 까봐 그런가 보다.

암튼 내가 감당할 수 있을 만큼만 주셨으면 좋겠다.
부디~~~~~

이런 갈등에서 빨리 벗어날 수 있다면 얼마나 좋을까??

■ ■ ■ **2005. 12. 4. 일요일**

머리를 했다.
맘에 안 든다.

어제는 중요한 일을 한 가지 했다.
어쩜 내 삶의 중요한 전환점이 될 수도 있는…….
그런데 불안하다.
일단 인해전술에 불안하고, 내가 진정 원하는 것인가도 불확실하다.

초기에 했던 여러 가지 고민 중 대학원에 가기로 결정했나 보다.
아직도 그때의 설렘이 느껴진다. 두근거리는 설렘이 좋다.
이런 느낌은 내게 에너지원이 되어 어려운 일도 잘할 수 있게 만들어줄 것만 같다.

■ ■ ■ **2005. 12. 7. 수요일**

하나님~~~

지금 나의 고민들이 헛되지 않게 해주소서!
지금의 이 행복을 박차게 되어 후회하게 될지라도…….

하나님~~~
부디 2006년도 행복하게 잘살 수 있도록 해주세요!!
제가 잘할 수 있도록 해주세요.

복지관에서의 근무는 병원에서보다 몸과 마음이 편했던 것 같다.
응급실에서 근무했기에 그렇게 느꼈을지도 모른다.
또는 간호사로서 해야 할 일을 더 많이 찾지 못했기 때문일지도 모른다.

하지만 편안함에 빠지게 되면 아무것도 얻는 것이 없다.
어떻게 하면 좀 더 가치 있고 후회 없는 직장생활을 할 수 있을까에 대해
많은 고민을 했다.
그때의 경험이 내게 많은 것을 주었다.
그 중에서도 새로운 일을 시작했을 때 빠르게 적응할 수 있게 된 것이 가장 큰
유익이라고 말해두고 싶다.
적어도 지금의 나는 변화가 두려워 안주하지는 않으니까 말이다.
이건 순전히 나를 배려해준 사회복지사 선생님들이 있었기 때문이라고 강조하고 싶다.

■ ▨ ▨ **2005. 12. 9. 금요일**

여러 사람한테 말해도 답은 없다.
내가 해결해야 한다.

뭐가 두려운 거지?

아~~~

정말 괴롭다.
늘 숱하게 다짐하지만…….

왜 확신이 없는 걸까?
도대체 왜!! 자신감이 없는 건 아닐까?

무언가를 선택하고 나면 또 다른 두려움이 나를 찾아온다.
결과에 대한 두려움과 불안감 말이다.
지나친 걱정과 두려움은 내게 독이 되기에 멈춰야 한다.

■ ▨ ▨ **2005. 12. 12. 월요일**

이 죽일 놈의 갈등.

염미정!!
되도록 짧게 끝내라!!
부디~~~

가장 절실할 때 뭔가를 얻는 거다.

이미 선택한 일에 대해서는 죽을 만큼 최선을 다하든가 과감하게 내려놓든가
둘 중 하나만 선택하면 된다. 무엇이든 절실해야 얻을 수 있다.

인내의 해:
2006년

Part2

■ ▩ ▨ **2006. 1. 3. 화요일**

하나님~~~
제게 또 한 번의 기회를 주실 건지요?
정말 잘할 수 있는데…….
뭐든 두려워하지 않고 잘할 수 있는데……

한번만 더 기회를 주실 수 있으신지요?

열심히 하고 싶습니다!!
꼭~~~

갈팡질팡 고민 많은 그때의 글이 지금 왜 이렇게 답답하게 느껴지는지 모르겠다.
모든 걸 결정하고도 마음을 잡지 못하는 나를 혼내주고 싶다.
하나님께서는 이런 나를 알고 늦게라도 깨닫게 하시려고 기회를 주시지 않았나 보다.

■ ▩ ▨ 2006. 1. 7. 토요일

부디 내가 간호사로서 제2의 전성기를 누리고 삶을 순조로이 살 수
있도록 두려움 없이 해낼 수 있도록 도와주세요!!
부디~~~~
가슴 떨리고 두근거리는 이 마음! 하나님께서 제게 주신 거 맞으시죠?
꼭!!! 꼭 내가 해야 할 일을 적당한 시기에 할 수 있도록 해주세요~~

사랑과 일!! 그리고 열정~~~
모든 것이 하나님의 말씀 안에서 충실히 이행될 수 있도록 도와주세요!!
please······ please······

내 글에서 욕심이 보인다. 부끄럽다. 얼굴이 화끈거린다.

■ ▩ ▨ 2006. 2. 21. 화요일

천천히 조심스럽게 준비해왔다.

추억도 만들고,
사진도 찍고,
당분간은 이런 여유가 그립겠지만 사진을 보면서 참으려고 한다.

하나님!! 부디 제가 잘 적응해서 잘할 수 있게 도와주세요.
부디!!

어떤 스트레스도 즐기면서 견딜 수 있도록 도와주세요.

나쁜 점보다는 그 사람을 있는 그대로 이해하고 배려할 수 있도록
도와주세요~~~

■ ■ ■ **2006. 3. 21. 화요일**

확실히 내가 예민해지긴 했나 보다.
아니라고 외쳐보지만······.

계속 화가 난다!!
짜증난다!!

■ ■ ■ **2006. 5. 25. 목요일**

듣기 싫은 목소리,
보기 싫은 얼굴······.

참자!!

염미정!!
그렇게 하길 잘했다고 생각하게 될 거야!

속상한 일이 있었나 보다. 무슨 일이 있었는지는 모르지만 참길 잘했다!!

의미 있는 시간은 아니었지만
다시 한 번 나를 되돌아보게 되었다.
우울하다…….
많이!!

화가 난다…….
많이!!

속상하다.

칼 갈지 말고
잔머리 굴리지 말고
완벽하려고 하지 말자.

■ ▨ ▨ 2006. 6. 21. 수요일

행복하고 싶고 한없이 편하게 살기 위해 이렇게 노력하는 거야!!

무엇 때문에 힘들게 돌아서 가려고 하는 거지?

뭐가 옳은 삶인지 알 수 없지만 적당히 세상과 타협하면서 살아야겠다.
이렇게 살긴 싫지만 타협하지 않으면 죽을 거 같다!!

■ ▩ ▩ **2006. 7. 5. 수요일**

난 왜 이렇게 속이 좁을까?
왜 그럴까?
좀 손해 보면 어때서…….

염미정!
양보하자.
손해 보자.
시기하거나 질투하지 말자.
속물 같은 인간으로 살지 말자!!

■ ▩ ▩ **2006. 9. 20. 수요일**

후배가 승진을 했다.
그동안 고생했을 후배에게 박수를 보내주고 멋있게 진심어린 축하를
해줘야 했는데…….

왜 이렇게 슬플까?
너무 힘들다.

난 왜 이렇게 늘 최선을 다하는데 잘 풀리지 않는 걸까?

이런 나로 인해 가족들도 희생하고 있는데 말이다.
난 좋은 엄마도 좋은 아내도 아니다.

죽고 싶다.

나는 이 정도밖에 안 되나 보다.

그냥 이렇게 살아야 하나 보다.

욕심을 버리고 평범하게 살아보려고 하지만 잘 안 된다!!

언젠간 기회가 오겠지? 한번쯤은…….

어떤 기회를 바라는 건지 잘 알고 있다.

기회는 늘 내 주위에 있었다. 다만 내가 그 기회를 잡을 준비가 되지 않았을 뿐이다.

이 글을 쓰고 있는 지금, 그렇게도 바라던 기회가 내게도 온 것 같다.

지금 충분히 행복하니까 말이다.

개그우먼 조혜련 씨가 쓴 미래일기는 내게 참 신선하게 다가왔다.

나도 미래일기를 쓰고 싶었다.

미래일기를 쓰기 위해 먼저 나를 잘 알 필요가 있다.

그래서 과거일기를 꺼내 보게 되었다. 과거일기를 통해서 나를 확인할 수 있었다.

참 오랜만에 일기를 쓴다.

내 일상은 변화 없이 이렇게 흘러간다.

난 참 배부른 돼지처럼 늘 불평불만이 많은 것 같다.
감사할 줄 모르고~~

음……
내 나이 이제 서른세 살.
곧 서른네 살이 되지만 불안하기만 하다.

어떻게 하면 좋을까?
어떻게 하면 내가 원하는 삶을 살 수 있을까?
그동안의 삶도 충분히 힘들었는데…….

하나님……
제가 지치지 않도록 힘을 주세요!

사람의 마음은 참 간사하다.
대학원에 입학하기만 하면 행복이 밀려올 줄 알았는데 그것도 아니었나 보다.
그땐 정말 열심히 했었던 것 같은데. 뭐가 날 계속 불안하게 했을까?
기본에 충실하기보다는 보다 빨리 높이 뛰어오르고 싶은 내 욕심 때문에 감사함을 잊고
살았나 보다.

맞다.
그런 것 같다.

아닐 땐 과감히 돌아서는 게 옳다!!
아닌 걸 알면서도 결정하지 못하는 건 내 안의 게으름 때문이다.
언젠가 나는 후회하게 될 것이다.

어떻게 하면 좋을까?

늘 의문이다.
이렇게 사는 것이 올바른 건지······.

대학병원 재직 시절.
늘 바쁘고 힘들었지만 견딜 수 있었던 건 월급날이 있었기에 때문이 아닐까 싶다.
그땐 '이렇게 힘들게 일했는데 이것 밖에 안 돼?'라고 교만하게 떠들어댔지만
지금 생각해보면 부끄럽다.
아무 경험 없는 내게 배울 수 있고 일할 수 있는 기회를 준 것도 감사하고
과분한 급여도 감사하다.
그 당시 내가 재직 중이었던 병원은 나름 높은 연봉을 자랑했었으니까 말이다.

대학병원 사직 후 구직을 하면서 알게 되었다.
일의 강도에 비해 턱없이 낮은 간호사의 급여가 현실적으로 나를 지치게 했다.

나름의 이유가 있을 거라고 생각하며 나를 위해 생각을 바꾸기로 했다.
급여가 조금 많다고 해서 우월감을 가질 필요도 없고
급여가 적다고 우울해할 필요도 없다는 생각이 든다.
내가 쉬고 싶을 때는 일을 줄이면 되고
내가 일을 열정적으로 하고 싶을 때는 일을 늘리면 되는 거다.

급여도 내가 선택하면 되는 거다.

그것이 현실적으로 어렵다면 내가 아니면 안 되는, 나만이 할 수 있는 유일한 일을
하면 된다. 그럼 당연히 급여가 올라갈 테니까 말이다.
난 간호사로서 할 수 있는 그 유일한 일을 찾고 싶다.

내가 복지관에서 일하면서 적응하기 어려웠지만 좋았던 시간도 있었다.
바로 점심시간이다. 병원에서 일할 때는 밥을 제대로 먹지 못할 때가 대부분이었다.
응급실이라는 특성상 더더욱 그랬었다.
경력이 쌓여 먼저 식사를 하러 가더라도 후배 간호사들이 밥을 못 먹게 될까봐 최대한
밥을 빨리 먹고 뛰어야만 했다.
가끔은 그런 게 싫어서 밥을 먹지 않은 적도 있다.
화장실을 제대로 가지 못했던 적도 많다.

그런 나이기에 점심시간에 비교적 여유 있게 밥을 씹고 있는 사람들을 보면서 '그동안
내가 참 힘들게 일했구나' 하는 생각이 들었다.
내가 병원에서만 일했다면 이런 작은 행복이 얼마나 소중한지 몰랐을 거다.
이걸 어떻게 돈으로 환산한단 말인가?

나는 간호사이면서 사회복지사이기도 하다.
복지와 간호의 만남. 참 멋지지 않은가?
난 간호사들의 사회복지사가 되고 싶다.
그것이 내가 간호사로서 할 수 있는 유일한 일인 것 같다.

실패를 기쁘게 받아들이기는 어렵겠지만 때론 이것도 훈련이라고
생각하자.
하나의 삶의 과제로 생각하자.
실패를 달게 받아들이자.

시험을 못 봤나? 대학원 조별 발표를 잘 못했나? 기억이 나지 않는 걸 보면 별일
아니었나 보다. 어떤 일에 대하여 결과가 좋지 않을 때에도 예전에 비해 오랫동안
방황하지 않는 걸 보면 그동안의 경험과 노력이 내게 도움이 된 것 같다.

언젠가는 뿌듯함이 느껴지는 일기를 쓸 수 있게 되겠지?

하늘이 무너질 것만 같다. 죽고 싶다.
고작 시험 때문에 이런 감정이 드는 내가 부끄럽다.
겉으로는 아닌 척했지만 정말 시험 때문에 기분이 좋지 않다.
수험생도 아니고 나이가 몇인데 이런 일로 이런 감정이 드는지.

실패한 자는 말이 없어야 한다.
지금 말하면 변명밖에 되지 않기에 그만 두련다.
진심으로 최선을 다했는지 내게 물어보면 된다.

나이가 들어도 시험은 편하지 않은가 보다. 웃음이 나온다.
내 강의를 듣는 학생들의 연령대가 다양하지만 나이와 상관없이 시험에 대한 반응은
똑같은 것 같다. 모두가 긴장하고 불편해한다.
그러나 약간의 긴장과 함께 시험과 친해지는 것은 내게 많은 유익을 주는 것 같다.
시험은 객관적인 잣대로 나를 확인할 수 있게 해주고, 나를 점검할 기회를 주니까
말이다.

오늘도 계획한 대로 아름다운 하루를 보낼 수 있도록!!
최선을 다하자.

난 정말 이것밖에 안 되는 사람인가?
진정 내가 있을 곳이 아니란 말인가?

오늘은 하루 종일 우울하다.

이유 없이 답답하고 힘들다.

부디 내가 서두르지 않고 천천히 갈 수 있도록.
마음을 다해 공부할 수 있도록.
타인을 위해 배려할 수 있도록.
너무 지나친 욕심과 기대를 하지 않도록.
결과에 치중하지 않고 과정을 즐길 수 있도록.

다짐해본다.

■ ▨ ▨ 2006. 12. 12. 화요일

살려주시오~~~
방학하고 싶소!!

이리 힘든 걸 내가 왜 자처했을까?

그럼에도 불구하고 다시 공부하고 싶은 마음이 간절한 이유는 뭘까?

■ ▨ ▨ 2006. 12. 26. 화요일

그렇게 기다리던 휴가였다.
크리스마스 연휴 그리고 특별휴가를 포함해서 4일을 쉬었건만.
영원히 쉬고픈 이유는 뭘까??

오늘 새삼스레 많은 걸 느꼈다.
재호와 함께하는 데 나는 많은 것을 적응해야만 했다.
내가 재호 엄마인데도 불구하고 말이다.
그동안 아이들에게 소홀했음이 느껴지는 지금이다.

일하고 싶어 했던 건 나다.
아이들한테 미안하다.
그동안 방치되었던 집안 곳곳의 모든 물건들…….

휴가 동안 집안 곳곳을 정리했다.
정리하면서 놀라움을 금치 못했다.

내가 정말 바빴나 보다.
먼지와 함께 어수선하게 자리 잡은 물건들.
예전엔 절대 용납할 수 없었던 일들이다.

아이들의 떠드는 소리가 음악처럼 정겹게 들린다.
휴가 마지막 날이 되어서야 집안일에 적응이 되었다.

세상은 내게 적당함을 용납하지 않나 보다.
늘 극과 극이다.
너무 바빠서 눈코 뜰 새가 없던가.
아님 너무 한가해서 몸을 비틀던가.

간호사로서 일에 대한 고민을 내려놓으니 학생으로서의 고민이 시작되고,
학생으로서 고민을 내려놓으니 엄마로서의 고민이 시작되고,
앞으로도 고민은 계속되겠지?
이러다 고민 전문가가 되는 건 아닌지.

희망의 해:

2007년

Part3

어떻게 사는 것이 잘사는 것일까?
그냥 평범하게 사는 것?

얼른 아이들이 쑥쑥 커서 해방되면 좋겠다.
지금도 뭐 썩 잘해주는 것도 없지만 말이다.

하나님께서는 연예인이 되고 싶었던 나의 어릴 적 꿈을 실현시켜 주시려나 보다.
어떨 땐 가수, 어떨 땐 연기자가 되는 상상을 하곤 한다.
인기 드라마를 보면서 혼자 연기연습을 하기도 했었으니까 말이다.
그래서인지 집에서도 직장에서도 학교에서도 늘 최고의 연기를 해내려고 노력한다.
하나님께서는 그런 나를 지켜봐주시는 든든한 후원자이시다.

완전 기분 나쁘지만 티를 내자니 내가 우스워질 것 같고,
그냥 있자니 화가 나고.
이런 기분은 어떻게 해결하지?
감정을 속이는 건 어려운 일이다.

최소한 화를 내었을 때 내가 얻을 수 있는 것이 무엇인지를 생각해보고 결정하는 것이
현명할 것이다.

■ ▨ ▨ 2007. 2. 16. 금요일

후~~

세상엔 나와 다른 사람이 많이 산다고 하지만······.

오늘따라 견딜 수 없을 만큼 짜증이 난다.

신경질이 난다.

보기도 싫다.

나랑 맞지 않는다고 해서 안 보고 살 순 없는 것 같다.

지금까지의 일기를 보면 알 수 있다.

하루에도 몇 번씩 바뀌는 나의 마음도 잘 모르는데 다른 사람을 이해하기는 더 어려운

일이다. 에너지를 긍정적인 곳에다 써야겠다.

■ ▨ ▨ 2007. 2. 18. 일요일

나는 가끔 후회한다.

많이 후회한다.

조금만 더 견딜 것을······.

염미정!!

넌 뭐든 잘할 수 있다.

그리고 넌 정말 성실해.

늘 그랬듯이 시간이 좀 걸릴 뿐!

네가 원했던 것은 꼭 이루어낼 거야.

다만 과욕은 금물!

그건 네가 더 잘 알 거야.
이제껏 살면서 얻은 거…….
그게 뭔지 잘 알잖아.

2007년도 염미정이 진가를 발휘할 수 있는 그런 해가 될 수 있을 거야!

후회가 밀려올 때는 주먹을 불끈 쥐고 결심해야 한다.
다시는 후회하지 않도록 말이다.
대학병원에서 근무할 때가 좋았다는 생각은 힘들었지만
그 일에 모든 에너지를 쏟아 몰두했기 때문일 것이다.

후회하지 않으려면 좀 더 지역사회의 간호사로서의 일에
온전히 에너지를 쏟았어야 했다.
그 점이 조금 아쉽지만 그때는 그게 최선이었다.
지금 내가 하고 있는 일에 그때의 내 경험이 많은 도움이 되고 있다.

■ ▩ ▨ **2007. 2. 19. 월요일**

벌써 연휴가 끝났다.
아쉽지만 그동안 바빠서 아프지도 못했는데
실컷 끙끙 앓았더니 지금은 조금 가뿐하다.

그래도 남편이 최고다.
과일도 먹여주고 내 옆에 있어주고 말이다.

행복하다.
귀여운 아들 녀석 둘과 함께 변함없이 나를 사랑해주는 남편.

늘 도약을 꿈꾸는 나.

2007년 다시 한 번 파이팅!!

새해가 되어서인가? 일기의 내용이 밝아진 느낌이다.
1년 전 일기와 비교된다. 고민도 경력이 되는 걸까?

■ ▩ ▩ ▩ **2007. 2. 20. 화요일**

잘될 거야~~~~
잘될 거야~~~

그때 그렇게 주문을 외워서인지 지금은 잘되고 있는 것 같다!!
역시 긍정의 힘이다!

■ ▩ ▩ ▩ **2007. 3. 18. 일요일**

재학아, 재호야! 미안해.
그리고 오늘 하루도 너무 고맙다.

지금 하는 공부가 너무 재미있다.
공부만 했으면 좋겠다.

기다렸던 주말이다.
책상에 오래 앉아있고 싶었지만

아들들과 함께해야 할 일 그리고 아줌마로서 해야 할 일들이 나를
가로막는다.
일단 우선순위를 정해서 급한 불부터 끄고 책상에 다시 앉았다.

휴~ 일을 너무 많이 했나? 피곤했나? 잠이 온다.
커피를 마셨다. 그래도 잠이 온다.
잠시 졸아야지 하다가 그만 잠들어버렸다.

정신을 차리고 일어나 다시 커피를 마셨다.
하고 싶었던 공부를 했다.
그러나 재학이와 재호가 번갈아서 내 방에 들어왔다.
"엄마, 이게 뭐야?"
"엄마, 이것 좀 해주세요." 등등
내게 요구사항이 밀려들어 온다.

갑자기 마음속 신세한탄이 이어진다.
난 왜 이렇게 하고 싶은 공부를 위해 올인 하지 못하고 있는가?
무엇 때문에!

다시 마음을 다잡고 내 상황을 설명하고 남편한테 슬쩍 떠넘긴다.

공부만 하고 싶다.
이게 진정 내가 하고픈 거란 말이다.
공부!! 진지한 학문의 탐구!
꼭 하고 말 테다.

그러나 아이들의 웃는 얼굴과 사랑하는 남편 얼굴이 어른거린다.

하고 싶은 걸 다 해버리면 재미가 없으니깐 조금씩 하자.

오늘도 다짐해본다.
내 작은 꿈의 실현을 위해서 천천히 가자고 말이다.

하고 싶은 걸 하지 못할 때 더 간절해지는 법이다.
완전히 올인 할 수 있으면 좋겠지만 앞으로도 그런 건 기대하지 않는 게 좋을 것 같다.
실망할 수도 있으니까 말이다.
아무런 장애물 없이 목표를 이루는 건 재미가 없을 것 같다.
그냥 그런 장애물을 훌쩍훌쩍 뛰어넘는 스릴을 즐기는 내가 될 거다.

■ ▨ ▨ **2007. 3. 27. 화요일**

언제나 나는 양가감정을 가지고 있다.

누구나 양가감정을 가지고 살아간다. 그러나 반드시 선택을 해야 할 때가 온다.
그리고 그 선택에 대한 책임을 져야 한다. 나는 어떤 선택을 할 것인가?

■ ▨ ▨ **2007. 3. 28. 수요일**

내가 만약 작가였다면 오늘밤을 샜을 것이다.
그러나 난 작가가 아니기에 이만 자려고 한다.

글을 쓴다는 건 참으로 매력적인 것 같다.
이러다 책 하나 내려나?

가끔 예전처럼 밤을 잊고 내일을 걱정하지 않고 하고픈 일을
멈추지 않고 하고 싶다.
학생 때는 그런 게 좋았는데…….

결혼한 지금은 내가 하고 싶어도 보류할 수밖에 없는 그런 일들이 있다.
내일 아침, 나는 밥을 해야 한다.
아무리 일을 분담해도 밥만큼은 내가 하고 싶기 때문이다.
밥과 반찬은 내가 해서 주고 싶다.
난 역시 아줌마인가 보다.

아무튼 결혼을 하니까 때문에!! 때문에!! 뭐 이런 게 많아지는 건 사실이다.
그래도 행복하다.

힘들지만 사랑하기에 가능하다.

살면서 매번 힘든 일만 가득할 것 같지만 지금처럼 이렇게 행복일기를 쓸 때도 있다.
역시 인생은 굴곡이 있는 것 같다. 그 굴곡을 즐기면 된다.
직선코스보다 S자형 코스가 스릴이 있는 것 같다.

■ ▨ ▨ ▨ **2007. 4. 2. 월요일**

투덜거리지 말자.

내게 집중하자.
내게 앞으로 일어날 일을 생각하면서 말이다.

다른 곳에 에너지를 뺏기지 않는 현명한 사람이 되길 바란다.

■ ■ ■ 2007. 4. 4. 수요일

모든 것은 내가 선택한 일이다!!

싫으면 바꾸면 된다.

삶에 대해 당당해진 것 같은 느낌이 든다.

■ ■ ■ 2007. 4. 7. 토요일

역시~~~ 집단상담의 힘은 대단한 것 같다.

스스로 많이 성장한 것 같은 느낌이 나를 기분 좋게 한다.
상대방의 말이 내게 쏙~~ 들어오는 것을 느꼈다.

교수님 말씀대로 생생한 체험이 세포로 스며들었다.
상대방이 하는 말이 내 귀에 들렸다.

학문은 나를 속이지 않는 것 같다.

편견을 버리자.
나와 다름을 인정하고 존중하자.

너무 피곤하다.

우리 가족 모두 각자의 삶의 주인으로 사느라 수고가 많은 하루였다.

공부하면서 결과에 연연하지 않고 그 자체를 즐길 수 있었던 건 처음인 것 같다.
그래서 더 결과가 좋았던 게 아닐까 싶다.
상담이론 중 실존주의를 공부할 때 마치 뭔가 대단한 걸 발견한 사람처럼
가슴이 두근거리고 흥분되었다. 지금도 그때의 그 느낌이 새록새록 좋다.
교수님께서 나를 바라보던 따뜻한 눈빛과 격려가 나를 좀 더 성장시킨 듯하다.
상대방의 말이 들렸다는 건 내가 정리되었기에 가능한 일이다.

■ ■ ■ **2007. 4. 11. 수요일**

하루 종일 다른 생각을 하며 일상의 모든 것을 잊고 다른 삶을 살아보았다.
계획하지 않은 삶을 살아보는 게 내가 정한 오늘의 과제였기에 말이다.

정말 적응이 되지 않았다.
난 절대 그렇게 살지 못할 듯하다.

내 가치에 따라, 계획에 따라 그렇게 살아야겠다.
그게 나다.

학문에 투자하는 것은 나를 실망시키지 않는 것 같다.
순진한 발상인가??

어렸을 때는 몰랐는데 나이가 들면서 세상에 절대적인 건 없는 것 같다.

■ ▨ ▨ **2007. 4. 12. 목요일**

내가 주춤하려 할 때 그때 힘을 내야 한다.
난 충분히 잘할 수 있다.

파이팅!!

힘들 땐 그냥 삶의 흐름에 몸을 맡기면 된다.
그리고 지금처럼 토닥토닥 스스로를 격려하면서
'잘될 거야.' '다 지나 갈 거야.'라고 최면을 걸면 된다.

■ ▨ ▨ **2007. 4. 13. 금요일**

진심을 다했고 나의 모든 것을 걸고 준비했다.
그랬기에 발표 도중 준비한 동영상이 실행되지 않는 상황에서도
두려움이 없었다.

처음으로 당당함과 뿌듯함을 맛보았다.

실존주의에 푹 빠졌다.

빅터 플랭클! 당신을 진정으로 존경합니다.

앞으로도 겸손하게 존중하는 마음으로 다른 사람을 대하도록 하자.
정말 수고했다고 말해주고 싶다.

일이 잘 안 될 때 '넌 거기까지야!' 늘 그렇게 생각하고 그만큼만
했었던 나다.
진심을 다해 하고자 하는 일에 몰입한다면 불가능할 게 없다는 것을
알게 되었기에 앞으로 나는 예전과는 다른 삶을 살 것이다.

재학아, 재호야! 그리고 사랑하는 여보. 오늘 너무 행복해요.

뭔가에 빠져 흥분해 있는 내 모습이 너무 아름답다.
시간이 흘렀지만 지금도 기억이 생생하다.
간호학을 전공한 내가 간호학이 아닌 다른 분야를 선택하기까지는 쉽지 않았지만
간절히 원했기에 얻은 것이 많다.

따뜻한 봄날, 그렇게 실존에 푹 빠졌던 기억이 살면서 얼마나 큰 힘이 되어주는지.
생각만 해도 입가에 미소가 번진다.
대학원을 다니면서 간호학에 더 많은 애정이 생겼다.
참 아이러니하지 않은가?
전공을 달리했는데 간호학에 더 많은 애정이 생기다니 말이다.
공부하면서 내가 하는 일에 대한 가치를 발견하게 되었다.
내가 무엇을 원하는지 알게 되었다. 그것이 대학원 공부를 통해 얻은 결과다.
내가 뼛속까지 간호사임을 확인했다.

■ ■ ■ ■ **2007. 4. 17. 화요일**

난 개인적으로 거짓말이 싫다.
뭔가 투명하지 않은 것이 싫다.
시아버님께서 말씀하셨다.
너무 맑은 물에는 고기가 살지 않는다고 말이다.

34년을 살았다.

아직까지는 내 삶에 대한 후회는 없다.

그리고 변명하고 싶지 않다.

사람은 모두 자기 관점에서 판단하게 되니까 말이다.

그럼에도 불구하고 난 맑은 물에 살고 있는 고기를 지키고 싶다.

처음엔 시아버님의 말씀이 불편했다. 그런데 시간이 지나면서 이해가 되었다.
그렇다고 해서 그때의 내 마음에 변화가 생긴 건 아니다.
맑은 물의 고기를 지키기 위해서는 모든 것을 포용할 수 있어야 한다는 것을
깨달았을 뿐이다.

거짓말은 또 다른 거짓말을 낳는다.

거짓말은 언젠가 내가 간절히 원하는 뭔가를 하려고 할 때 하나의 걸림돌이 될 거다.
따라서 거짓말을 하고 싶을 때 내가 원하는 걸 생각하며 진실을 선택해야 한다.
살면서 수많은 걸림돌이 나를 기다릴 텐데 스스로 걸림돌을 만드는 건
어리석은 일이니까 말이다.

■ ▨ ▨ **2007. 4. 25. 수요일**

잠시 나를 객관적으로 볼 기회를 갖자.

기분이 이렇게 가라앉는 이유를 확인해봐야 한다.

보통은 혼자만의 시간으로 회복이 되었었다.

그런데…… 왜일까. 자꾸자꾸 나락으로 떨어지는 느낌이다.

가끔은 모른 척 지나치지 말고 마음을 들여다봐줘야 한다.

■ ▨ ▨ **2007. 5. 7. 월요일**

풀기 어려운 나의 숙제.
이젠 지쳤다.
다 버리고 싶다.

정말 운명이란 정해져 있는 건가?

다 버리는 것은 말처럼 쉽지 않다. 내려놓는 것도 연습이 필요하다.

■ ▨ ▨ **2007. 5. 15. 화요일**

또 일상의 패턴화가 시작되었다. 안 된다는 걸 알면서도 똑같은 일상을
살아버렸다.

변화를 위해서는 용기와 인내가 필요하다.
악순환의 고리를 잘라낼 용기와 그로 인한 결과를 감당할 수 있는 인내가 필요하다.

완전 대박은 아니지만 그래도 어느 정도는 내게도 행운을 주시길~~~

충분히 그럴 만하다고 하나님께 따지고 싶다.

please!~~~~~~~!!

어떤 대박을 내고 싶은 건지…….
지난 글이지만 몇 년이 지난 지금 갑자기 웃음이 나온다.
과정을 즐길 줄 모르는 내가 안타깝게 느껴진다.

■ ▨ ▨ 2007. 5. 23. 수요일

서두르지 말자.
잘될 거야.

염미정.
잘될 거야.
잘될 거야.

그래서인지 지금은 잘된 것 같다.
대박이 난 건 아니지만 내 생각대로 삶을 살아가고 있으니까 말이다.

■ ▨ ▨ 2007. 5. 25. 금요일

내가 계획한 대로 잘되었으면 좋겠다. 늘 그랬듯이······.

잘 짜인 계획은 실패가 없다!! 천천히 천천히······

잘살아 보세~~~~!!!!!

새내기 간호사처럼 일할 때 설렘을 느낄 수 있는 것은
이렇게 계획하고 고민했었던 그때의 내가 있었기 때문이 아닐까 싶다.
난 간호사가 참 좋은 직업이라는 생각이 든다.
일단 지루하지 않다. 임상에서도 다양한 분야가 있기에 그것을 최소 3년씩만 경험할
기회를 갖는다고 해도 늘 기분 좋은 설렘을 느낄 수 있을 거다.
진정 내가 원하는 일을 하기 위해서 다양한 간호 현장을 경험하고 싶다.

참 많이도 돌아다닌다.

우린 주로 차 안에서 삶에 대해서 말한다.
남편은 드라이브를 좋아한다.
사실 나는 아니다.
그러나 어느새 나도 조금씩 좋아지는 것 같다.

학기 중이라 몸과 마음이 동시에 허락한 자유의 시간을 내기란
어려운 일이지만 결단을 내렸다.

꿀맛 같은 시간들이다.

우린 내일 또 어딘가 가기로 계획이 되어 있다.
행복하다.

우리가 사는 모습을 아이들이 보고 배울 거라고 남편이 말했다.
아이들이 행복하길 바란다면 우리가 먼저 행복해야 한다고 말이다.
멋진 남편이다.

아들들아! 행복하렴!

난 지인들에게 결혼은 꼭 하라고 권유하고 싶다.
동반자가 있다는 건 보험과도 같은 것이다.

■ ▨ ▨ 2007. 6. 3. 일요일

간만에 부지런을 떨며 잡채를 만들었다.
모양은 없지만 맛은 그런대로 괜찮았고 모두들 맛있게 먹어주었다.

가족과 함께할 자리를 만드는 것이 엄마의 일인 것 같다.
이런 일에 나의 수고를 아끼지 않을 거다.
가족이 함께할 때 행복을 느낄 수 있기에 말이다.
게으름이 밀려올 때 그때의 행복했던 느낌을 떠올리면 된다.

■ ▨ ▨ 2007. 6. 4. 월요일

머리가 아프다.
토할 거 같다.
힘들다.

많은 과제와 시험이 나를 압박한다.
내가 선택한 것이지만 시험과 과제는 나를 여전히 자유롭게 두지 않는 것 같다.
그렇지만 그 안에서 자유로워지려면 과제를 즐겨야 한다.
그런데 아쉽게도 삶은 내게 한꺼번에 과제를 던진다.
학생으로서 해야할 학교 과제도 많은데 엄마로서의 과제, 아내로서의 과제,
직장인으로서의 과제가 한꺼번에 내게로 몰려온다.
그래도 시간을 분배해야 한다.

지난 토요일과 일요일에 계획한 일들을 다했다.

1) 집단상담 참석하기.

2) 완전히 늘어지게 실컷 자기.(아침에 아들들 밥해주고 오후 한 시까지 잠)

3) 한 주 동안 마음속에 찜찜하게 남아 있던 이런저런 일 처리하기.

4) 학생으로서 착실하게 공부하기.

5) 가족들과 함께 시간 보내기—여의나루 다녀옴.

6) 아들들 목욕시키기.

7) 저녁식사 준비 및 일주일치 밑반찬 만들기.

8) 드라마 〈대조영〉 보기.

9) 김치 한 통 다 썰어서 분리해놓기.(오늘 한 것 중 젤 힘들었던 일!!)

10) 이제 자야지~~~!!

뿌듯함의 느낌이 지금도 내 입가에 미소를 띠게 한다.
행복한 기억은 사람을 기분 좋게 만드는 것 같다.

■ ■ ■ **2007. 6. 5. 화요일**

또 한 번 게임에 말려든 느낌이다.

어머님은 아무렇지도 않은데 나만 힘들다.

제발 중간만 하자.
넌 아줌마다.
엄마고 아내고 직장인이고 게다가 학생이다.
에너지를 분산해야 한다.
한쪽에 올인 하면 결국 내가 다친다는 걸 잘 안다.

네가 정말 원하는 게 뭐니?

그것만 생각해!

불필요한 곳에 에너지를 쓰지 말자는 말이다.

파이팅!!

가족과의 관계 속에서 일어나는 일들이 불필요한 일은 아니다.

그것도 원활히 잘 해결해야 하는 중요한 나의 과제다.

어머님은 아무렇지 않은데 나만 힘든 이유는 뭘까?

지금 현재의 상황보다도 예전부터 해결되지 않았던 일에 대한 감정에 더 치우쳐

있기 때문이 아닐까?

아니면 일어나지 않은 일에 대해 걱정하고 있기 때문이 아닐까?

'지금 현재에만 집중하면 해결이 쉽지 않을까?' 하는 생각이 든다.

어쩌면 어머님도 나와 같은 생각을 하고 계실지도 모른다.

■ ▩ ▩ **2007. 6. 8. 금요일**

어떤 사람의 행동이 너무 싫을 때는 왜 그런지?

나의 마음에 머물러 확인해봐야 한다고 교수님께서 말씀하셨다.

답을 얻었다.

내 유익 때문이었다.

바꿔서 생각해보면 되는 것을······.

인간은 늘 겸손해야 한다.

이제 이유를 확인했으니 행동의 변화가 필요할 때다.
이것이 내가 공부한 결과다.

타인의 행동이 거슬려 내 감정이 요동을 칠 때는 타인의 행동에 초점을 두기보다는
나를 들여다볼 수 있는 객관적인 눈이 필요하다. 그걸 계속해서 연습해야 한다.
잊어버릴 때마다 의도적으로 생각해 내고 실천해야 한다.
아침 먹고 나서 배가 고파지면 점심을 먹듯이 때때로 마음이 신호를 보낼 때
지나치지 말고 점검할 필요가 있다.

■ ■ ■ **2007. 6. 11. 월요일**

덥다……!!

아무리 생각해도 답이 나오지 않을 때는 현재에 집중해야 한다.

그냥 평소처럼 일상에 충실하면 된다.

■ ■ ■ **2007. 6. 18. 월요일**

오늘 하루도 파이팅!
덥다.

똑같은 일상의 반복으로 무미건조한 날에도 감사한 마음을 잊지 말아야 한다.

■ ▧ ▧ **2007. 6. 20. 수요일**

아들들아, 아프지 말고 건강해라.
마음이 아프다.
사랑한다.

늘 건강하게 잘 자라주는 아들들.
가끔 잊고 있을 때마다 이렇게 신호를 보낸다.
열이 나거나 기침을 하거나 하는 방법으로 말이다.
나의 에너지를 분배한다고 해도 늘 아이들에 대한 사랑은 100%다!!

■ ▧ ▧ **2007. 6. 21. 목요일**

왜 이렇게 힘들지?
지금 하고 있는 일이 가치가 있는 걸까?
생계를 위해 잠시 필요한 일인가?
이 시점에서 다시 한 번 생각해봐야 한다.

다시 한 번 진로에 대한 고민이 생긴다.
어떻게 해야 하지?
이젠 결정해야 한다.

■ ■ ■ ■ **2007. 7. 2. 월요일**

여보!~ 사랑해요.

2007년 7월에도 남편은 내게 힘이 되어주었나 보다.
대한민국 아줌마로서 어떤 간호사가 될지 끊임없이 진로에 대한 고민을 할 수 있는 건
바로 나의 든든한 정신적인 후원자인 남편이 있기 때문이다.
감사하다. 함께 나눌 사람이 있다는 건 행복한 일이다.

■ ■ ■ ■ **2007. 7. 19. 목요일**

깨끗하게 포기하자!!
깔끔하게!

이번 기회를 통해 확실히 알았다.
기회는 여러 번 오는 것이 아님을 말이다.
시기적절하게 행동을 개시해야 함을 말이다.

염미정…… 그래도 넌 최선을 다했다!!
수고했다.

확실한 계획과 열정도 없이 도망치듯 어딘가에 지원했다가 떨어졌나 보다.
당연하지. 나이는 그냥 먹는 것이 아니다.
내가 아무리 포장해도 관리자들은 다 보이는 법이다.
나도 지금은 조금씩 보이니까 말이다.
상대방이 정말 간절히 원하는 게 무엇인지 지금은 보인다. 그래도 괜찮다.
그런 실패가 있었기에 그때 내가 하던 일을 소중하게 여겼을 테니까 말이다.

간호사를 사랑하게 된 워킹 맘

■ ▩ ▨ **2007. 7. 20. 금요일**

친구 만나기~~~

기말고사도 끝나고 여유가 생겼었나 보다.
그때 나는 만나는 모든 사람들에게 친절하고 너그럽게 대할 수 있었을 것이다.
모든 것을 가진 그런 기분은 열심히 했을 때만 맛볼 수 있는 소중하고 행복한 느낌이다.
그런 기분 때문에 다시 뭔가를 시작하는 것 같다.

■ ▩ ▨ **2007. 7. 23. 월요일**

힘들다.
시간이 흘렀음 결과가 있어야지.
늘 똑같음 안 되잖아.
더 이상은 안 되겠다.

너무 급한 나다! 뭔가를 하지 않으면 불안한 나다.
그걸 넘어서야 일을 즐기며 할 수 있는 건데 말이다.

■ ▩ ▨ **2007. 7. 24. 화요일**

나만 흔들린다.
다른 사람은 똑같다.
나의 자아가 약한 탓일까?

뿌리 깊은 나무는 흔들리지 않는다.

돈을 들여 공부를 하는 것보다는 인간이 먼저 되는 것이 훨씬
경제적인 듯하다.

한꺼번에 되는 일은 없는 것 같다.

남편은 알면 알수록 좋은 사람인 것 같다.
난 가끔 부끄럽다.

신기하게도 갈수록 남편의 한결같은 모습이 존경스럽다.
나를 잘 알아주는 남편.

난 늘 지독히도 운이 없는 사람이라고 생각했다.
지난 일기를 읽으며 이 글을 쓰는 지금, 나는 발견했다.
이런 남편과 함께 살고 있음이, 이런 남편을 만난 것이 행운이라는 것을 말이다.
감사한 일이다.
한 가지에 올인 해서 얻은 결과만이 성공이라고 생각했는데 갈수록 생각이 바뀐다.
남들이 하는 결혼도 하고, 아이도 낳고, 아이를 키우면서 깊어진 애정이 사람을
소중하게 여기게 되는 것 같다. 그런 마음이 간호로 연결되면서 간호사로서 내 일에
대한 애정이 더 많이 생기게 되었음을 깨달았기 때문이다.

■ ▨ ▨ ▨ 2007. 8. 9. 목요일

초심을 잃지 말자.
흔들리지 말자.
조급해하지 말자.

■ ▨ ▧ **2007. 8. 10. 금요일**

공부를 한다는 건 힘든 일인가 보다.
물론 내가 좋아서 하는 일임에도 불구하고 말이다.

요즘 사진첩을 정리 중이다.

대학원에 입학하고 난 후, 지금 내 얼굴을 보고 있자니 짧은 시간에
너무 많이 늙은 것 같다.
웃음도 조금은 사라진 듯하고 말이다.

내가 좋아서 하는 일이든 싫어서 하는 일이든 새로운 것을 내 것처럼
익숙하게 되기까지는
그만큼 인내와 희생이 따르는 것 같다.

내가 좋아서 하는 일은 결과가 좋지 않더라도 덜 후회하게 되는 것 같다.
앞으로도 그렇게 살고 싶다.

내가 중심인 삶!! 가족과 함께 행복할 수 있는 삶!!
비록 나이가 들어 늙어갈지라도 아름다운 미소가 얼굴에 남아 있길
바란다.

염미정! 다시 파이팅~~~~

바쁜 와중에 사진첩도 정리하고 참 대단하다.
난 정말 어쩔 수 없나 보다.
이런 잡다한 일들을 하지 말아야지, 시간낭비 하지 말아야지 하고 생각했었던 적도
있다. 그런데 이제는 그냥 받아들여야겠다. 그 일이 즐거우니까 말이다.

대학원에 다니면서도 그런 것을 꼼꼼하게 챙긴 걸 보니 사진 찍고 기록하는 일은
내게 없어서는 안 될 일인 것 같다.
그것이 어쩜 내게 에너지원이 되는 건 아닐까 생각해본다.

결과 중심으로 이 글을 본다면 아마도 좋은 소리를 듣진 못할 거다.
뭔가를 이루려면 올인 해야 하니까 말이다.
열심히 공부해야 할 시기에 사진첩이나 정리하는 건 흐름상 문제가 있음이 분명하니까
말이다. 그렇지만 길고 짧은 건 대봐야 안다는 말도 있지 않은가?
아직은 모른다. 인생의 성공 여부를 측정하는 척도는 다양하니까 말이다.
힘들 때 지난 기록을 보면 그때마다 지혜롭게 잘 견뎌낸 내가 자랑스럽다.
사랑한다, 염미정♡

■ ▨ ▨ **2007. 8. 13. 월요일**

피곤하다.
살짝 스트레스가 오고 있나 보다.
자꾸 먹는 것만 생각난다.

■ ▨ ▨ **2007. 8. 17. 금요일**

갈등~~~

■ ▦ ▨ **2007. 8. 23. 목요일**

나만 속이 탄다.
까맣게~~
지겹다!

결국 나를 위해 속이 타는 거 아닌가?

처음엔 다른 사람이 문제인 줄 알았다.
대학원에서 집단상담 수업을 듣고, 집단상담에 참여하면서 나를 볼 수 있게 되었다.
모든 것은 의도적으로 내가 조절하면 되는 거다.

■ ▦ ▨ **2007. 8. 28. 화요일**

갈등이 반복된다는 건 지속적인 원인이 있다는 것이다.
그렇다면 원인을 제거하든가 피할 수 없다면 받아들여야 할 것이다.
그래야 내가 살 수 있다.
참 간단한데 실행이 잘 안 된다.

하나님은 참으로 내게 다양한 것을 경험하게 하신다.
예전에 내가 느꼈던 그런 감정보다 몇 배로 힘든 것 같다.

왜?
뭐에 쓰이도록 하려고 이렇게 어려운 과제를 주시는 걸까?
힘들다.

힘들더라도 내가 좋아서 하는 일은 즐거운 것 같다.

그러나 나와 다른 곳을 바라보는 사람과 함께 하는 것은 힘들다.

정말 다른 곳을 보고 있었던 건 내가 아닐까 생각해본다.
다른 사람이 가진 것이 더 커 보이니까 말이다.
그래도 끊임없이 고민하고 해결책을 찾으려고 했기에 그만두지 않고 열심히 일할 수
있었던 것 같다.

■ ▩ ▨ **2007. 9. 5. 수요일**

내가 잘하는 것을 적어본다.

1) 내 방식대로 정리정돈
2) 계획대로 실천하기
3) 정직함
4) 성실함
5) 내 맘대로 피아노 치고 노래하기
6) 풍부한 감성
7) 리더십, 협상 능력

등등~~~

너무 추락하는 느낌이 들 때는 잘하는 것을 떠올리면 행복해진다.
지나치게 내가 작아 보인다는 생각이 들 때 현재 가지고 있는 것을 떠올리면 저절로
감사함을 느끼게 된다.
감사는 습관처럼 해야 한다.

■ ▦ ▦ **2007. 9. 10. 월요일**

잠시 동안만 아무것도 보지 말자.
다른 것을 보는 순간 흔들릴지도 모른다.

파이팅!!

갈팡질팡 혼란스러울 때는 딸랑거리는 귀를 잘 다스릴 필요가 있다.
그때는 과감하게 잠수를 타는 것도 방법이다. 대신 오래는 안 된다!!
내가 원하는 것이 무엇인지 다시 한 번 되새길 수 있는 시간이면 충분하다.

■ ▦ ▦ **2007. 9. 19. 수요일**

아는 것과 실천하는 것에는 차이가 있는 것 같다.
어떻게 하면 그 차이를 조금이라도 줄일 수 있을까?

모르겠다.

모두가 다르니까, 차이가 있으니까 말이다.

내가 원하는 것이 무엇인지를 진심으로 알면 된다.

난 정말 훌륭한 것 같다.
지금 생각해보면 차이를 인정하는 것만이
아는 것과 실천하는 것의 차이를 줄일 수 있는 방법인 것 같다.
"그냥 그러려니 해! 너무 따지지 말고." 하는 어른들의 말씀을 받아들여보는 것도
방법인 것 같다.

예전에는 그런 말씀을 하시는 어른들이 참 성의 없고 책임감 없이 느껴졌다.

그런데 살면서 가끔은 그러려니 하고 생각해보는 것도 필요한 것 같다.

아마도 한 발자국 물러서서 생각해보라는 어른들의 충고가 아닐까 생각해본다.

세상에 어떤 일이든 인과관계가 반드시 있는 법이니까……

■ ▨ ▨ 2007. 9. 26. 수요일

나이가 들어간다는 것은……?????

가끔씩 스스로에게 이런 질문을 던져보는 것은 참 의미 있는 일인 것 같다.

다시 한 번 어떻게 살 것인가를 생각해볼 기회를 주니까 말이다.

나이가 들수록 내 행동에 대해서 책임을 져야 하고 포용할 수 있어야 한다.

안다는 것은 무엇이지? 안다는 것은 결국 실천할 수 있느냐 하는 것이다.

간호사로서 아는 것을 실천하는 것이 다시 한 번 중요한 일임을 느끼게 한다.

기본간호가 제일 중요한 것 같다.

새로운 지식도 많이 입력해야겠지만 알면서도 실천하지 않는 것은 아름답지 않은 것

같다. 그런 나를 일깨워준 곳이 바로 지금 일하는 곳이다.

대학병원 사직 후 지역사회를 거쳐 다시 찾은 간호현장은 내게 기본의 중요성을 늘

일깨워준다. 깨달음이 있는 현장에서 일하는 것은 참 행복한 일인 것 같다.

■ ▨ ▨ 2007. 9. 28. 금요일

나……
나……란 사람은?

아주 객관적으로 말해서 소심하기 짝이 없는 사람이다.

이것을 긍정적인 용어로 전환해보면 조심성이 많은, 주의 깊고 사려 깊은 사람이다.

우리 엄마는 늘 이런저런 상상으로 걱정이 많으신 분이었다.
그래서 늘 걱정 또 걱정하는 말을 하곤 하셨다.
어느덧 세뇌가 되어서인지 나는 살면서 소위 배짱이란 걸 부려본 적이 없다.
늘 불안했다. '안 되면 어쩌지? 만약에 잘 안 되면 어쩌지?'에 대한 답을 준비하느라
많은 시간을 보내야 했다.

그런데 결혼하고 마음의 여유가 많이 생겼는지 가끔 지나치게 '뭐든 잘될 거야' 하는
배짱을 부려보곤 한다. 아주 묘한 쾌감을 느끼면서 말이다.

지금도 막연히 내가 하는 일이 잘될 것 같다는 생각이 든다.
나는 성실하니까, 뭐든 진심을 다해 잘해내고 싶으니까 말이다.
다만 그것이 간호현장에서 이루어졌음 하는 간절한 바람이 있다.

■ ▦ ▦ **2007. 11. 23. 금요일**

기분이 좋아지는 노래를 듣고 싶다.
밝고 발랄한~~

가슴 뛰는 설렘이 있다는 건 살면서 대단한 에너지가 되는 것 같다.
삶이 무미건조할 때는 다양한 경험과 느낌을 나눌 수 있는 여행이 필요한 것 같다.
노래를 들으며 기분이 좋아지는 이유는 노래가 좋아서이기도 하지만 그 노래와 관련된
추억이 있기 때문인 것 같다.

예를 들면 롤라의 노래 중 〈날개 잃은 천사〉를 들으면 뜨거웠던 여름날이 생각난다.
난 그때 Evening 같은 Day 근무를 마치고 지하철 입구로 내려가는 슈퍼에서
흘러나오는 롤라의 노래를 들으며 '오늘 하루도 완전 바빴구나' 하며 집으로 향했던
기억이 난다. 비록 오버타임을 했지만 나로 인해 환자들이 좋아졌다는 뿌듯함이
나를 견딜 수 있게 해주었다. 그때는 일만 했었다. 그게 아쉽다.
가끔 여행이라도 할 것을. 그랬다면 그렇게 지치지 않았을 것을……
쉬는 날이면 피곤한 심신을 달래기 위해 오직 잠에 매달렸던 것도 후회가 된다.

그런 그때가 있었기에 지금도 간호 현장에 있을 수 있는 것이 아니겠는가?
이렇게라도 위로를 받아야겠다.

■ ■ ■ 2007. 11. 26. 월요일

밤이다.
초저녁에 잠시 잤더니 잠이 안 온다.

할 건 많은 거 같은데.
하기도 싫고
요즘 의욕상실이다.

동기부여가 필요하다.

■ ■ ■ 2007. 11. 27. 화요일

오늘도 하루가 끝났다.

휴~~~~~

■ ▨ ▨ 2007. 12. 11. 화요일

화내지 말자.
욕심내지 말자.
한걸음 물러서자.
휴~~~~~~~~~~~~

■ ▨ ▨ 2007. 12. 17. 월요일

급체……

난 늘 욕심이 생기면 급체를 한다. 조금 천천히 가는 연습이 필요하다.

■ ▨ ▨ 2007. 12. 18. 화요일

목표가 생겼다.
헛되지 않도록~~
최선을 다한다면 가능할 거야!!

염!! 파이팅~

■ ▨ ▨ 2007. 12. 26. 수요일

답답하다.

■ ■ ■ ■ **2008. 1. 3. 목요일**

답답하다.
이 고민의 터널에서 얼른 벗어나고 싶다.
난 왜 이렇게 오래 걸려야 하는 거지?

내겐 왜 기회를 주시지 않는 거지?

이젠 지친다.
힘들다.

거의 다 왔을 때 난 늘 힘이 부족하고, 결국 자포자기하고 만다.

하나님이 계시다면 제게 부디 힘을 주세요.
제게 용기를 주세요.

이번 일월은 제게 매우 중요한 달이랍니다.
부디 제가 원하는 소원을 들어주소서.

계속해서 고민이 된다면 결정을 해야 한다.
그러나 계획 하에 신중하고도 아름다운 결정을 해야 한다.

그날의 일기를 읽어보며 나의 단점을 발견했다.
마지막 힘을 잘 발휘하지 못한다는 것 말이다.
시간이 지난 지금 그 이유를 조금은 알 것 같다.
지나친 나의 욕심이 결국 마지막 힘을 낼 수 없도록
조바심으로 연결되어 내 발목을 잡는 것 같다.

결과에 집착하지 말고 과정을 즐길 수 있어야 좋은 결과를 얻을 수 있음을 살면서 자연스럽게 깨닫게 되었다.
처음엔 약간의 시간이 필요하지만 그 다음부터는 속력이 붙어서 좀 더 빨리 진행되는
것 같다. 약간의 여력을 남겨놓는 것이 마지막을 위해 필요한 것 같다.
성공한 대부분의 사람들에게서 여유를 볼 수 있는 이유가 이런 것이 아닐까
생각해본다. 나도 그런 날을 상상하며 여유 있는 미소를 지어본다.

하나님, 제게 힘을 주소서.

힘들어요. 지쳤어요.

■ ▧ ▧ 2008. 1. 7. 월요일

오늘도 하루가 갔다.
공식적으론 월요일이다.
날짜가 바뀌었으니 말이다.

한숨이 나온다.
절로~~~
쌓여 있는 책들과 꼭 해야만 하는 일들이 산더미다.

첩첩산중…… 갈수록 태산……

그래도 어떻게 되겠지?
일단 흔들리지 말고 최선을 다해야 하겠지?

이럴 땐 걱정보다는 뭐든 시작하는 것이 빠르다.
그래야 뭐라도 해낼 수 있을 테니까 말이다.
지금 이렇게 아무렇지도 않은 걸 보니 다 지나간다는 말이 사실인가 보다.

■ ▨ ▨ **2008. 1. 8. 화요일**

하나님, 제게 기회를 주세요~~

간절히 바라면 이루어진다!!

■ ▨ ▨ **2008. 1. 11. 금요일**

어려운 시기에 어려운 결정을 했다.
섭섭하다.
그래도 후회는 없다.
수고했다.

많은 생각을 하게 해준 나의 직장!
간호사라는 직업에 대한 정체성을 확립해준 직장!
다른 직종과 화합하고 맞추려고 했던 나의 노력!
나를 격려해준 사람들! 나의 대상자들!
대학원을 다닐 수 있도록 배려해주시고 복지관 업무를 익히고 적응할 수 있도록
도와주신 사회복지사 선생님들께 감사드립니다.

■ ▨ ▨ **2008. 1. 13. 일요일**

하나님…… 기회를 주세요!!

■ ▨ ▨ **2008. 1. 16. 수요일**

시간이 가고 있다.

사람의 마음을 읽을 수 있다.

내 마음도 읽을 수 있다.

인생이란 흐르는 시간과 함께 마음의 변화를 볼 수 있는, 뭐 그런 것 같다.

자신의 마음을 읽을 수 있음은 앞으로 살면서 커다란 재산인 것 같다.

대학원을 다니면서 오수희 교수님과의 만남은

하나님께서 내게 주신 또 하나의 선물이다.

난 앞으로도 타인에게보다 내게 먼저 물어볼 것이다.

타인에 의한 선택이 아닌 나의 선택에 집중할 것이다.

이것이 내가 대학원을 다니면서 얻은 최고의 재산이다.

가끔 남편이 말한다. 그런 걸 꼭 대학원을 다녀야 아냐고 말이다.

깨닫고 실천할 수 있기에 난 부끄럽지 않다. 그렇기에 의미가 있다.

■ ▨ ▨ **2008. 1. 17. 목요일**

파이팅~~!!

넌 매일 '파이팅!!' 이냐?

별다른 답이 없을 때는 주어진 일상에 감사하며 하던 일을 열심히
하는 거다.

그래 결국 넌 또 그놈의 '열심히' 타령이냐?

그냥 좀 쉬어라.

그럼 아이들을 뒤로 하고 어디론가 떠나버릴까?

말도 안 돼. 넌 그럴 수 없을 거야.

아침에도 잠든 두 아들이 너무 예뻐서 깨물기까지 하잖아.

안 돼!!

결국 네가 원하는 건

버릴 수 없는 그 테두리 안에 있는 거야.

잠시 벗어나고 싶었나 보다. 실천했다면 크게 후회할 뻔했다.

지금 이 글을 쓰면서도 숨기고 싶은 내용의 일기다.

도망가고 싶었던 때가 있었다.

행복한 가족 안에서 행복한 간호사도 있다는 걸 그때는 몰랐다.

지금 이 글을 읽어 보니 가족에게 미안한 마음이 든다.

다행히 어디론가 떠나지 않고 감정 조절을 위해 최선을 다한 내가 자랑스럽다.

아이를 키우며 직장생활을 하다 보면 아주 많이 도와주는 남편이 있어도

도망가고 싶을 때가 있다. 사랑은 씨앗을 키우듯 정성을 다해야 한다.

그것이 행복한 삶을 사는 과정이다. 정성을 다하는 것 말이다.

가족은 무엇과도 바꿀 수 없는 내 인생 최고의 후원자들이다.

■ ▨ ▨ **2008. 1. 18. 금요일**

업무 인계가 끝났다.
이 기분.
참~~

서운하다.
불안하고 아쉽지만 가지고 있던 걸 내려놓아야 새로운 걸 가질 수 있다는 걸 알기에
괜찮다. 드디어 종합사회복지관 간호사로서 3년 4개월의 종지부를 찍었다.
수고했다. 염미정! 참 많은 고민과 나를 성장하게 해주었던 고마운 곳이다.

■ ▨ ▨ **2008. 2. 9. 토요일**

난 다시 내 작은 꿈을 위해 어려운 길을 선택했다.

가족들의 염려와 나름의 두려움이 있지만 그래도 내가 원하는 그림을
그리며 천천히 가려 한다.
비록 지금 아무런 승산이 없다고 해도 말이다.

지금 행복하기에 과거가 아름다웠다고 말할 수 있는 것 같다.
변화는 누구나 두려운 거다. 지금을 선택한 내게 박수를 보내고 싶다.
그때의 경험이 나를 더 견고하게 해준다.

이 허탈함은 뭘까?
천천히 달려야 더 달콤한가?

엥~~~~~~~~~~

세상이 나를 중심으로 돌아가진 않는다.
그냥 세상 속에 살아야 하나?

내가 중심이 되면 된다.

오늘도 허탈하다.

공부는 아주 진지한 마음으로 최선을 다해야 한다.
무식하게 해야 한다는 내 지론 때문에 난 늘 피곤했다.

사실 벼락치기가 필요할 때도 있는데 그걸 못해서 난 늘 좌절감을
느껴야 했다.

때론 그런 게 필요하다.
세상을 살아가려면 가끔 무임승차도 필요함을 아는데 그걸 못한다.

한때는 그런 내가 지겨워 밤새 운 적도 있다.

그런데 나이가 들면서 배우는 사람은 성실해야 한다는 내 생각이
맞는 것 같다.

시간이 지난 지금도 내가 쓴 글을 보면서 가슴이 뭉클해진다.
아무도 알아주진 않지만 간호사라는 직업과 내 가치관이 잘 맞는다는 생각이 든다.
그런 내가 자랑스럽다. 좀 오래 걸리더라도 지겨워하지 말자.

빨리 올라가도 결국 내려와야 하는 것이 세상 삶의 이치다.
언젠가는 내려오는 것에 대한 고민으로 내 일기가 쓰일 것을 알기에 아름답게 내려오는
방법을 조금씩 준비해야 할 것 같다.

지금은 천천히 내가 가야 할 길을 가면 된다.

어제 꿈을 꾸었다.
아슬아슬 무서웠다.
놀라서 깨어나 한참을 앉았다가 다시 잤다.

오랜만에 간호현장으로 돌아왔으니 그럴 만도 하다.
아직도 앰뷸런스 소리를 들으면 대학병원 응급실에서 근무할 때가 생생하게 떠오르니까
말이다.

■ ■ ■ 2008. 2. 20. 수요일

평소에 내가 하고 싶었던 것을 했다.

시간이 많을 때는 평범한 일상이 지겨운 법이다.
꼭 뭔가를 할 수 없는 상황일 때 더욱 간절해지는 법이다.

맞춰놓은 알람 소리에 일어나 앞치마를 두르고
부드럽게 남편과 아들들을 깨우고
미리 차려놓은 아침을 먹이고
사랑한다는 말과 함께 뽀뽀를 하며 배웅했다.

그리고 나도 아침 먹고 뒷정리하고 세탁하고
커피 한잔을 마시며 아침 방송을 보았다.

게다가 오늘은 요즘 잠깐잠깐 보며 재미있어하는 드라마에 주인공
백호 씨가 나왔다.
그냥 그런 사람이겠거니 했는데 역시 화목한 가정이 있었고,
노력하고 철저히 준비했기에 오늘의 그가 있었다.

순간 나도 좋은 엄마가 되어야겠다고 다짐했다.
일단 오전 시간은 나름 성공~~

오후를 향해 달려가는 지금
그동안 미뤄왔던 책을 한번 볼까 한다.
그리고 집 근처에 있는 영풍문고를 가야겠다.
신간도 살펴보고
점심 먹고 커피 한잔 하고
저녁장 보고
아이들을 일찍 데리고 와야겠다.

저녁엔 식사 하고 조금 쉰 후 재학이와 어제부터 읽기 시작한 책으로
대화할 수 있는 시간을 가져야겠다.

어제 《로빈 후드》를 읽고 재학이가 느낀 점을 말하는데 어찌나
감동적인지.
아무래도 우리 아들은 천재인 거 같다. 하 하 하~
사실 나도 《로빈 후드》의 내용이 가물가물했는데 재학이와 함께 내용을
공유하니까 즐거웠던 것 같다.
재호도 덩달아 좋아라하고 말이다.

그럼 지금부터 계획을 실천에 옮겨야겠다.

이런 평범한 일상이 내게 엄청난 에너지를 주는 것 같다.
이 글을 보는 순간 반성하게 된다.
내가 정말 일관성 있는 엄마일까?
지금 내가 아이들과 책 읽는 시간을 갖고 있는가?
그렇지 않다. 하지 않고 있다. 좋은 엄마란 어려운 것 같다.
아직도 늦지 않았다. 잦은 약속보다는 실천으로 보여줘야겠다.
역시 기록은 중요한 것 같다.

일기를 통해 지금의 나를 반성할 수 있으니까 말이다.

■ ▧ ▨ **2008. 2. 22. 금요일**

하나님 감사합니다.
마지막까지 최선을 다할 수 없었던 상황이었는데
제게 이렇게 기쁨을 주시니 너무너무 감사합니다.

대학원 졸업과 동시에 사회복지사 1급 시험에 합격했다.
대부분의 학생들이 합격하는 거지만 그래도 기분이 좋다.
꼭 밝히고 싶진 않지만 사실 난 머리가 그리 좋은 편이 아니다.

그래서 늘 남들보다 많은 시간을 들여야 했다.
다행스러운 것은 그 사실을 비교적 빨리 인정했다는 것이다.

즐겁게 한 공부는 결과에 집착하지 않아도 좋은 결과를 가져온다는 것을
시험을 통해서 알게 되었다.
공부하는 데 많은 시간을 들이지는 않았지만 종합사회복지관에서 근무한 경험을
공부와 연결 지으려고 노력했다.

난 공부할 때 벼락치기를 해본 적이 없다.
천천히 이해하면서 반복하는 스타일이라 다른 사람보다 좀 느리다.
그렇지만 오랫동안 기억하고 실제로 활용하려고 노력한다.
이번 경험을 통해서 현장 경험의 중요성을 다시 한 번 깨닫게 되었다.
자격증에 대한 예의를 지킬 수 있게 되어 다행이다.

■ ▩ ▩ ▩ **2008. 2. 24. 일요일**

오늘 하루도 잘 보낼 수 있도록 도와주세요!!
보람 있는 하루
배울 수 있는 하루
제가 잘해낼 수 있도록 함께 해주세요.

태어나게 해주시어 감사합니다.

하나님께서 원하는 게 무엇인지 정확히 알지도 못하면서
교회에 나가서 하나님 말씀을 듣지도 않으면서
힘들거나 불안할 때마다 늘 찾는 하나님!! 참 신기하다.
이렇게 마음속으로 또는 글로 기도하고 나면 의지가 되니까 말이다.
하나님과 나는 그런 사이다.
그렇지만 하나님은 나와 이런 관계를 원하지는 않을 것 같다.
좀 더 가까워지기를 원하실 것 같다.

응급상황은 늘 긴장된다.
긴장 속에서도 침착함이 필요하다.
마음이 급해지면 판단이 흐려질 수도 있다.

알면 알수록 고개가 숙여진다는 말이 맞는 것 같다.
역시나 이런 상황에서 목소리가 커지는 사람이 있었다.
예전 같으면 발끈했을 내가 숙연하게 받아들였다.

역시 집단상담의 힘이다.

시간이 지났지만 아직도 모르는 것이 너무 많은 것 같다.
인정한다. 내가 알고 있던 모든 것이 백지상태가 된다.
오직 그 순간 냉철하고도 몸에 밴 습관으로 빠르게 움직여 최선을
다하는 수밖에 없다.

하나님 앞으로도 긴장하지 않고 아는 것을 모두 발휘할 수 있게
함께 해주세요.

시간이 지나서 가물가물할 것 같았는데 어렴풋이 생각이 난다.
병원에서 일어나는 응급상황은 크건 작건 늘 긴장이 된다.
심장이 쪼그라드는 그런 긴장감! 일반인들은 모를 거다.

오랜만에 병원으로 돌아왔는데 응급실이 아닌 병동에서의 응급상황이란 100% 긴장감을
유발한다. 입사한 지 한 달 조금 지나서 그것도 몇 년째 응급상황을 잊고 있었던
나에게 그런 상황이 있었다. 지금도 한숨이 나온다.

그래도 뼛속까지 채워진 대학병원 응급실 간호사로서의 시간이 헛되진 않았던 것 같다.

생각처럼 당황하지 않고 잘 대처한 것 같다. 물론 혼자 한 건 아니다.
예전에 내가 한 고생들이 현재 든든한 밑거름이 되어줌에 새삼 감사한 마음이 든다.
이런 느낌 계속해서 유지하면서 환자 간호에 최선을 다해야겠다.

대학원에서 공부를 한 것은 정말 잘한 일인 것 같다.
내가 공부를 한 목적은 승진을 하기 위함도 성공을 하기 위함도 아니다.
사회복지 현장에 있었기에 궁금했었고 예전부터 하고 싶었던 상담을 함께 공부할 수
있었기에 재미있게 할 수 있었다.
그로 인해 생활 속에서도, 직장에서도 감정싸움을 하기보다는 상황을 객관적으로 보려고
노력했기에 많은 도움이 되고 있는 것 같다.

■ ▨ ▨ **2008. 3. 26. 수요일**

하고 싶은 일을 한다는 것은 행복한 일이다.
힘들어도 좋다.
그런데 요즘 좀 무리가 된다.
피곤하다.

내일은 오전에 아이들 데리고 예방접종 하고 치과에 들러 재학이의
충치도 치료해야 한다.

이 시점에서 난 왜 라면이 먹고 싶을까?

임상에 다시 돌아온 즐거움이 느껴지는 글이다.
지금도 좋다. 행복하다.
간호현장에서 흔들리는 후배 간호사에게 전하고 싶다.
최선을 다했음에도 약간의 흔들림이 있다면 잠시 다른 길을 가보는 것도 평생
간호 인생에 도움이 되리라고 말이다.
거기서 새로운 삶을 만날 수도 있고 흔들렸던 간호현장이 자신에게 최고의 현장임을

발견할 수도 있게 될 것이기에 말이다.

그러나 지름길이 아니기에 목표하고 있는 일이 있다면 늦어질 수 있음을 각오해야

할 것이다.

하지만 난 후회하지 않는다.

간호를 더 사랑하게 되었고 앞으로 어떻게 살아야 할지를 알게 되었다.

지역사회의 간호현장에서 만난 어르신들이 내게 말해주셨다.

생각보다 시간이 빨리 지나가니까 하고 싶은 일을 하고 살라고 말이다.

다행이다. 조금이라도 빨리 깨닫게 되어서 말이다.

세상 속에서의 성공은 아니지만 지금의 내 삶에 대해 만족하고 있다.

부와 명예보다는 가치가 우선이고 싶다.

물론 마음속으로는 가치가 우선인 삶이 부와 명예도 함께 얻을 수 있으면 좋겠다는

기대를 해본다. 결과보다는 과정을 즐기고 싶다.

늘 사춘기 소녀처럼 고민하고 깨닫고 하고 싶은 일에 대한 설렘으로 살아가는 이런

행복한 느낌이 좋다.

■ ▨ ▨ **2008. 3. 27. 목요일**

재학이와 치과에 갈 시간이 되었다.

하루 종일 앉아서 공부를 했더니 머리가 띵하다.

시간 가는 줄 모르고 하는 공부!! 정말 내가 원했던 거다.

누군가의 압력 없이 시험 결과에 얽매이지 않고 순수하게 하고픈

공부를 하는 건 참 행복한 일이다.

가끔 나도 모르게 눈이 내려오면 분위기 있는 커피 한잔과 노래 한 곡을

부르면 된다.

행복하다.

과거 일기를 다시 펼쳐보지 않았다면 이런 행복을 잊고 지냈을 것이다.
불과 몇 년 전만 해도 하강곡선을 그리던 나의 감정이 이렇게 상승곡선으로 그려지고
있으니 말이다.
내려갈 때가 있으면 올라갈 때도 있다는 말이 실감난다.
이런 것을 깨닫는 것이 인생인 것 같다.
앞으로도 이런 행복한 느낌들을 잘 기록해둬야겠다.
내가 관리자가 되었을 때 간호사들과 이런 좋은 느낌을 나눠야겠다.

■ ▨ ▨ ▨ 2008. 3. 28. 금요일

여유가 있을 때 마음을 잘 어루만져줘야 한다.
그래야 어려움이 닥쳐도 굳건히 흔들리지 않을 테니 말이다.

난 할 수 있다. 조금 오래 걸려도 말이다.
그치? 염미정!!
넌 그럴 수 있어.
홧팅!!

무엇을 하기 위해 그렇게 다짐을 하는 걸까?
나는 간호현장에서 평생 간호사로 일하고 싶다.
지극히 평범한 말이지만 환자에게 친절하고 따뜻한 간호사가 되고 싶다.
무엇보다 간호업무에 필요한 노력을 게을리 하지 않고 계속해서 공부하는 냉철하고
지적인 간호사가 되고 싶다.
더불어 간호 발전을 위해 노력하시는 간호사들과 늘 함께하고 싶다.
그런 간호사가 되기 위해 앞으로도 계속할 거다.
내 미니 홈피 제목처럼 말이다.

한없이 겸손해야 한다.

꼭 그래야만 한다.

요즘같이 가슴 터질 듯 행복한 감정이 있을 때는 더욱더 그래야 한다.

진심으로 그분들을 존중해야 한다.

오늘 하루도 하나님께 감사한다.

내일도 최선을 다할 수 있도록 기도한다.

뭔가 좋은 일이 있었나 보다. 알 것 같다. 생각만 해도 가슴이 설렌다.

■ ▦ ▦ **2008. 4. 12. 토요일**

말하지 말아야지.
너무 가볍잖아.

말을 안 해서 후회하기보다는 말을 해서 후회하는 경우가 더 많다.
불변의 진리인 것 같다. 앞으로도 계속 잊어버릴만하면 되새겨 기억해야겠다.

■ ▦ ▦ **2008. 4. 21. 월요일**

거짓말을 했다.

진실의 여부는 본인만이 아는 것이다.

겸손함과 사람을 귀하게 여겨야 한다.
다시 한 번 초심으로 돌아가서 4월도 잘 마무리할 수 있도록
노력해야겠다.

이번에 물난리(보일러가 터짐)를 겪으면서 힘들었지만 나름 많은 것을
배운 것 같다.
그럼에도 불구하고 침착할 수 있어서 다행이다.

평수를 늘려서 이사를 했다. 많은 시간과 돈을 들여서 예쁘게 꾸몄다.
가족들과 함께 행복했다. 자다가 너무 더워서 깼다.
보일러가 터진 것도 모르고 너무 깊이 잠들었나 보다.
침대에서 내려가려는데 발목이 따뜻하게 느껴졌다.
놀라서 불을 켰는데 집 전체가 발목까지 물에 잠겼다.

도배한 지 얼마 되지도 않았는데 뜨거운 물이 새어 나온 터라 벽지가 붕 떠 있었다.
하늘이 무너지는 느낌이었다. 생각만 해도 아찔하다.

어른인 내가 울음부터 나왔다. 그럼에도 불구하고 남편은 침착했다.
나와 남편의 다른 점이다.
그런 남편을 보며 울음을 멈추고 관리사무실에 연락하고 빠르게 물을 퍼내야 했다.
남편과 빠르게 움직이기 시작했고 문제를 해결하기 위해 노력했다.
많은 생각을 하게 되었다. 순식간에 모든 것을 잃은 것 같은 느낌!!
갑자기 공허한 생각이 들었다.

물질에 얽매이지 말라는 하나님의 메시지가 아닐까 싶다.
한없이 겸손해지는 순간이다.

■ ▨ ▨ 2008. 4. 26. 토요일

오늘 다시 한 번 느꼈다.
학력과 인격은 비례하지 않음을 말이다.
난 그의 교만한 눈빛을 읽었다.
흔들리지 않았다.
더욱더 당당해지는 내 모습을 발견할 수 있었다.

강해질 거다.
난 잘할 수 있다.
그런 것에 연연하지 않고도 내가 원하는 것을 잘할 수 있다.
반드시 그럴 수 있다.

난 엄마다.
여자이기도 하고 아내이기도 하고 염미정이기도 하다.

난 반듯한 부모가 되고 싶다.
존경받는 부모가 되고 싶다.

있는 그대로의 사람을 봐야 한다. 사회적인 잣대로 사람을 판단해서는 안 된다.

■ ▨ ▨ **2008. 4. 28. 월요일**

허탈하다.
출산 후에 느끼는 그런 느낌?

충전의 시간을 가져야겠다.

■ ▨ ▨ **2008. 5. 3. 토요일**

역시 환경에 따라 사람이 변하나 보다.
난 헐크가 된 것 같다.

폭발 3분 전.

바쁜 와중이지만 일의 쾌감이 느껴진다.
이대로는 안 될 것 같다.
멈추어야 한다.

부디 평정을 찾을 수 있도록 인내할 수 있도록 도와주세요!!

한꺼번에 일이 쌓여 죽을 것만 같아도 해결할 수 있기에 행복한 이 느낌!

간호현장에서만 느낄 수 있는 행복감!

그것 때문에 환자 곁에 있는 것 같다. 힘들 때마다 이 글을 다시 읽어야겠다.

사실 요즘 잊어버리고 있었는데 일기를 다시 읽어보니까

당장 병원에 달려가서 일하고 싶다.

■ ▨ ▨ **2008. 5. 5. 월요일**

이젠 일에 있어서 어려운 고비들을 대부분 넘겼다.

난 역시 딱 떨어지는 간호 업무가 좋은 것 같다.

물론 순간의 판단력과 함께 사람을 사랑하는 마음과 겸손함, 존중 등의

세심한 배려가 필요하지만 말이다.

조금만 여유를 가지고 사람을 대한다면 원활한 업무가 될 것 같다.

재학이가 내게 얘기한다.

엄마가 최근에 받은 상에 대해 은근히 자랑스러운가 보다.

"엄마, 이렇게 하면 상 받는 거야?"

내가 책을 볼 때마다 물어본다.

대학원 졸업식 때 전공 부분 성적 우수상을 받았다.

졸업식 날 남편이 참석하지 못한다고 해서 안 가려고 했는데 학교에서 연락이 왔다.

상을 받아야 하니 꼭 참석하라고 말이다. 정말 감사한 일이다.

그리고 내가 자랑스럽다. 대학원은 내게 학문의 즐거움을 줬다!!

이런 즐거운 경험은 내게 또다시 도전할 수 있는 기회를 줄 거라 생각한다.

2년이 지난 지금 난 다시 공부가 하고 싶다.

이젠 간호학을 진심으로 잘할 수 있을 것 같다.

글을 쓰면서 하고 싶은 일이 생겼다.

동기부여가 필요한 간호사 선생님들께 도움을 주는 일을 해야겠다.
새내기 간호사 또는 임상을 떠났다가 다시 시작하는 간호사, 지금 하고 있는 일에
지친 간호사 선생님들께 말이다. 그때를 위해 준비해야겠다.

■ ■ ■ **2008. 5. 14. 수요일**

세상에 이럴 수도 있구나!

그래, 그냥 그럴 수도 있다고 생각해야지.

그럼에도 불구하고 이해가 되지 않는 부분은 종교의 이름으로 온갖
나쁜 짓을 다 하는 사람들이 밉다. 한숨이 나온다.

다 그런 건 아니다. 이럴 땐 상황을 분석해야 한다.
지나치게 한 곳에 집중하다 보면 확대해석을 하게 되니까 말이다.
객관적으로 봐야 한다. 나만 안 그러면 되는 것이 아니라 나라도 그러지 말아야겠다.

■ ■ ■ **2008. 5. 19. 월요일**

어떤 일이 있을 때마다 해왔던 나의 행동 패턴을 알게 되었다.
그래서 곧바로 그 행동을 멈추었다.

다음에는 마음에 없는 거짓 사과를 하지 않을 거다.
쓸데없는 데 에너지를 낭비하지 않을 거다.

오만방자한 사람도 그냥 그대로 봐줄 수 있어야 한다.
사람이 다 같을 수 없으니까 말이다.
다만 사실만을 가지고 객관적인 접근을 해야 할 것 같다.

배운 대로 실천하자!
두려워 말고!! 염미정 파이팅!!

일하면서 속상한 일이 있었나 보다.
살짝 기억을 더듬어본다면 속으로는 잘못을 인정하지 않지만 상황을 덮기 위해
거짓말로 잘못을 인정하고 집에 와서 생각해보니 억울했나 보다.

잘못했다고 말하는 것이 빨리 불을 끌 수 있는 방법이라고 생각하지만
그건 계속해서 거짓을 만드는 일밖에 되지 않는 것 같다.
그 당시에는 불편한 관계가 예상이 되지만 무례하지 않게 진실을 말한다면 앞으로
나아가는 데 힘이 될 것이다.

당시에는 의견이 상충되어 불편하지만 시간이 지나면 잘했다고 생각하게 될 것임을
알기에 앞으로는 반드시 그렇게 해야겠다. 진실은 통하는 법이니까 말이다.
어떻게 보면 융통성이 없는 꽉 막힌 사람으로 보일 수도 있겠지만
진실이야말로 융통성 있게 일하는 최고의 방법인 것 같다.
진실은 일하는 데 힘을 실어주니까 말이다.
반복되는 행동의 일정한 패턴을 멈추는 것은 계속 노력해야 가능한 일이다.
언제나 마음속에 새겨야 할 내용이다.

샤방샤방~~~
참 느낌이 좋은 말인 것 같다.

내 마음이 그런 거 같다.
하루에도 몇 번씩 바뀌는 것이 마음이라지만 난 그런 내 마음을 즐긴다.

아직도 내 심장이 두근두근~~♡ 힘차게 뛰고 있다.

삶이 행복하다고 느껴질 때는 가슴 두근거리는 설렘이 있을 때인 것 같다.
그 설렘의 느낌을 온전히 느끼고 나면 설렘이란 단어만 떠올려도 행복해진다.

남편을 처음 만났을 때도 ♡
내가 원하던 대학병원에 입사했을 때도 ♡
편입학해서 학교에 다닐 때도 ♡
출산을 했을 때도 ♡
종합사회복지관에 다닐 때도 ♡
대학원 공부를 할 때도 ♡
다시 임상으로 돌아왔을 때도 행복했다. ♡

가슴 터질 것 같은 행복한 기억이 모든 것을 포기하고 싶을 때마다 떠오른다.
그렇지 않을 땐 지금처럼 지난 일기를 읽으면 된다.
감사하다. 글을 쓰고 있는 이 순간도 행복하다. ♡

이젠 다른 사람을 탓하기보다는 나를 점검할 수 있는 힘이 생겼나 보다.
아직은 많이 미흡하지만 난 비교적 잘하고 있는 것 같다.

사랑하는 아들들과 옆에서 늘 나를 지켜주는 남편이 있어서 행복하다.

오늘 하루도 수고했다.
일하면서 많이 화가 났을 텐데⋯⋯.
잘해냈다!
세상엔 각기 다른 많은 사람들이 살고 있다.

경우 바른 사람, 경우가 없는 사람 등등.

그런 속에서도 일을 해야 한다.
나는 간호사이기 때문이다.
수고했다⋯⋯. 미정♡

정확히 기억나진 않지만 일기에 기입된 날짜만 봐도 가슴이 아픈 것을 보니
속상했던 하루였던 것 같다. 그래도 잘했다!!
지금 행복하니까, 원하는 것을 하고 있으니까 괜찮다. 나는 괜찮다.

■ ▨ ▨ **2008. 5. 30. 금요일**

피곤하다.

어디로 확~~ 떠나고 싶다.
멀리 여행 가고 싶다.

■ ▨ ▨ **2008. 6. 8. 일요일**

쉬고 싶다.

꼭 찜질방 가야지.

그냥 가면 되는 것을…….
찜질방 한번 가는 것에도 너무 많은 단서를 붙이는 것은 지나친 것 같다.
앞으로는 그러지 말아야지! 계획에 없었던 일을 하는 것에 너무 예민하지 말자.
가끔은 삶에 융통성을 발휘한다면 더 행복한 일이 일어날지도 모른다.
하고 싶으면 그렇게 하면 되는 거다. 너무 지나치게 따지지 말자!!

■ ▨ ▨ **2008. 6. 9. 월요일**

너무 피곤하다.
계속 자고만 싶다.
쿨~~ 쿨~~

모처럼 쉬는 날인데

재호가 장염에 걸려 새벽 내내 토하고 설사하고.
에공……

이제 정신이 좀 들고 나니 남편이 걱정된다.
출근해야 하면서도 이불 빨고 널고 또 빨고 널고 너무 안쓰럽다.

몇 살이 되면 재호가 아이들이 유행하는 모든 질병에서 벗어날까?
암튼 뭐 하나 유행하면 모두 걸려버리는 재호다.
그나마 재학이가 튼튼해서 다행이다.
재학이는 다섯 살 이후로 병원에 간 적이 별로 없다.

한숨만 나온다.
체력도 떨어지고 지친다.

직장생활하면서 아이를 키우는 건 너무 힘든 일임을 다시 한 번 깨닫는다.

병원 일에 매진하고 있을 즈음 하나님은 내게 아이들을 통해 일상의 소중함을
일깨워주신다. 지나치게 일에 빠져 있는 나를 가족에게로 집중할 시간을 주신다.
나는 하나님을 잊고 세상 속에서 살아가고 있지만
하나님께서는 늘 내게 깨달음을 주신다.

직장생활과 육아를 함께하고 있는 나는 아이들이 아플 때가 제일 당혹스럽다.
아이들 간호를 하다 보면 몸도 마음도 지친다.
내가 대신 아프고 싶은 마음이 간절하다.
이런 과정을 겪으면서 진짜 엄마가 되는 것 같다.
그리고 어른이 되는 것 같다.

결혼을 하고 아이를 낳고 키우는 것은 힘들지만 이런 깨달음이 있으니 행복하고
감사한 일인 것 같다.

빨래하고 반찬 만들고 그리고 책상에 있는 먼지 닦고 아이들 옷
정리하고 장난감 정리, 청소기 돌리기 등등…….
이런 일상들도 소중하지만 어느 순간 해야만 하는 일이 쌓여 있을 때
밀려오는 압박감이 나를 조금씩 짜증나게 만든다.

상담 관련 책도 읽고 싶고, 업무에 필요한 책들도 읽고 싶고, 계획했던
일이 뒤로 미루어질 때, 특히 아이들이 아플 땐 모든 것이 엉망이 된다.

그렇지만 그것도 내 일이다.
난 엄마이니까 말이다.
지금도 컴퓨터 앞에 앉아서 급하게 PPT를 만들다가 잠시 멈추었다.
나를 먼저 점검하기 위해서 말이다.

하고 싶은 게 많지만 서두르지 말자.

소중한 일을 먼저 해야 한다.
지금은 재호가 젤 중요하다.
장염이 조금씩 차도를 보여 이쁘다.

그동안 굶었던 재호가 뭔가를 먹을 수 있을 것 같다고 한다. 불려두었던
쌀을 믹서기에 넣고 갈아서 깨죽을 만들었다.
그걸 받아먹는 우리 재호가 어찌나 안쓰러운지 가슴 찡하다.
이제 숨고르기를 한 후 다시 공부를 시작해야겠다.
"엄마!! 이제 배 안 아파~~~" 이 말이 고맙기만 하다.

여러 가지 일이 내 앞에 한꺼번에 다가와 한 가지를 선택해야 할 때가 제일 힘든 것 같다. 그래도 소중한 일부터 먼저 해야 한다.
내겐 업무와 관련된 많은 일들이 있지만 무엇보다 가족이 제일 소중하다.
그렇다고 아줌마 간호사가 공사를 구별하지 않겠다는 것으로 오해하지는 말길 바란다.

■ ▨ ▨ 2008. 6. 19. 목요일

6월의 어려운 고비들을 넘겼다.
속이 시원하다.
하루 종일 잤다.
피곤이 풀린 것 같지만 감기 때문인지 컨디션이 좋지는 않다.

계속 이렇게 살다간 아플 것 같다.

이것도 다 지나가리라.

내 몸이 내게 신호를 보낼 때 그냥 지나쳐서는 안 된다.
적극적으로 건강을 실천해야 한다.
쉬는 것이 제일 좋은 거라는 걸 알지만 재미있는 이 일을 계속하고 싶다.

■ ▨ ▨ 2008. 6. 24. 화요일

땡긴다, 영어가!!
아무래도 훌쩍 떠나야 할 듯……
아무래도 또 마음에 바람이 불기 시작한 것 같다.

시도하지 않으면 아무것도 이룰 수 없다.
성공도 실패도 말이다.
며칠간 영어에 간절했을 나를 생각하면 약간의 웃음이 나온다.
그래도 요즘은 무턱대고 책만 사지는 않는다.

아줌마가 되고 아이를 키우면서 경제 개념이 생겼기 때문이다.
다만 예전에 사뒀던 책을 만지작거릴 뿐이다.
계속 생각만 하고 있는 영어…… 이젠 실천해야 할 텐데…….
뭔가를 시작하면 깊게 빠져드는 나를 알기에 겁이 난다.

내가 영어를 하고 싶은 이유가 뭘까?
아마도 내가 일하고 있는 간호현장이 녹록치는 않은 것 같다.
막연히 친구가 있는 미국에 가면 파라다이스와 같은 간호현장이 펼쳐질 것 같은
생각이 들어서였을 거다.
하지만 이 글을 다 쓰고 나면 진심으로 영어를 잘해보고 싶다.
평생 간호사 일을 하기 위해서는 영어가 필요할지도 모른다.
필요한 때에 멋지게 꺼낼 수 있도록 시작해야겠다.
이렇게 기록으로 남겨뒀으니 반드시 시작하게 될 거다!!
나와 한 약속은 지켜야 하니까 말이다.

■ ■ ■ **2008. 6. 26. 목요일**

이상하다.
자꾸 영어만 들린다.

아줌마 모드로 내가 좋아하는 오전 토크쇼를 시청했다.
한 시간을 넘기지 말아야 한다는 나름의 규칙이 있지만 오늘은 그냥
되는 대로 보고 싶었다.
그러나 습관적으로 한 시간을 넘기지 않고 텔레비전을 끄고 말았다.

이제 또 준비를 해야겠지?
파이팅!!

하나님…….
아들들을 감기에서 벗어나게 해주시어 감사합니다.

습관은 참 중요한 것 같다.
첨에는 내가 습관을 만들지만 나중엔 습관이 나를 만든다는 말이 내게 와 닿는
순간이다.

■ ■ ▨ **2008. 6. 27. 금요일**

계속 피곤하다.
한 것도 없는데 말이다.

에효~~
〈명의〉라는 프로그램을 보았다.
직업에 대하여 느낀 점도 있지만 사랑하는 아들들과 함께할 수 있다는
것이 얼마나 감사한 일인지 잊고 있다가 눈물이 펑펑 쏟아졌다.

아픈 아이와 함께하는 이 세상 모든 부모님들!
힘내세요~~ 그리고 아가야!! 얼른 건강해지렴.

오늘은 아들들을 얼른 데리고 와서 뽀뽀해줘야지.
건강하게 자라줘서 고맙다.
갑자기 힘이 난다.

■ ■ ■ **2008. 6. 30. 월요일**

편도선염! 지겹다.

감기에 걸린 것도 잊어버리고 정신없이 일하다가 집에 오면 긴장이 풀려서인지
시름시름 아플 때가 많다.
지금보다 조금 더 젊었을 때는 이런 나의 모습이 멋있게 느껴질 때도 있었다.
하지만 자신을 돌보는 일을 게을리 하면서 다른 사람을 돌본다는 건 부끄러운 일이다.
건강 실천을 위해 노력해야겠다. 프로는 자기관리를 철저히 잘해야 한다.
건강이 없다면 일도 없다.

■ ■ ■ **2008. 7. 1. 화요일**

샤방샤방~~~

■ ■ ■ **2008. 7. 4. 금요일**

진실하게 성실하게 살자는 나의 다짐을 가끔 잊어버리는 것 같다.
일에 대해서는 늘 성실하지만 사람을 대할 때는 성실함을 잊고 사는 것
같다.

한사람 한사람을 대할 때마다 진실로 최선을 다하자.

파이팅~~
오늘 하루도 수고했다.
끝까지 마무리를 잘하자!!

나이가 들었나 보다.

늘 일이 우선이었던 내가 지금은 생각이 달라졌다.

아름답고 울창한 숲은 나무가 있기에 가능함을 요즘에 자주 깨닫는다.

사람보다 일에 더 성실했다고 생각하는 나였기에 후회되는 일이 많다.

다른 부서에 비해 많은 직원들의 왕래가 있었던 대학병원 응급의료센터 재직 당시,

일에 빠져 사람에게 진실하게 대하지 못했음을 인정한다.

그땐 일만 하기에도 바빴다. 내 능력이 거기까지였던 것 같다.

내가 의도했던 대로 일이 진행되지 않으면 불끈불끈 화가 나곤 했으니까 말이다.

병원에서 근무하는 많은 직종이 있지만 그중에서도 이송반 직원분께 응급상황이라는

이유로 친절한 말 한마디 건네지 못한 것이 지금까지 죄송하다.

늘 왜 빨리 오시지 않느냐는 원망의 언어적, 비언어적 표현을 했을 뿐이다.

또한 트레이닝을 받으면서 상처받았을 신규 간호사 선생님들께도 죄송한 마음을 전한다.

좀 더 따뜻하게 대해주고 기다려줬더라면 하는 마음이 든다.

우리 몸의 어느 곳이라도 고장이 나면 모든 것이 불편해지는 것처럼 조직도

마찬가지라는 것을 그때는 몰랐다.

그때 난 지금보다도 훨씬 형편없는 아마추어였던 것 같다.

따뜻한 말 한마디가 굉장한 에너지가 된다는 것을 알면서도 실천하지 못했다.

만약 이 글을 읽는 간호사 선생님들이 계시다면 나처럼 후회하지 않는

멋진 프로 간호사가 되시기를 바란다.

■ ■ ■ **2008. 7. 10. 목요일**

시간 죽이기 하다가 공부를 했더니 스트레스가 확 풀린다.

이제 아들을 데리러 가야 하는데

이 시점에서 영풍문고를 가고픈 이유는 뭘까?

공부는 정말이지 너무 재미있는 것 같다.

자유함 속에서 뭔가를 이루고 싶다.

이미 알고 있는 것을 다시 확인하는 것이 시간낭비라고 생각했던 적이 있다.
늘 새로운 것을 열망했다. 그러나 지금은 좀 다르다.
알고 있는 정보를 다시 확인했을 때, 가끔 새로운 정보가 추가되어 내게로 흡수될 때가
있다. 모두가 새로운 것을 추구하고 나날이 새롭게 변해가는 지금이다.
내일 아침엔 어떤 일이 벌어질까? 세상이 어떻게 달라질까?
궁금하기도 하고 두렵기도 한 요즘이다.

다양한 환자가 내원하는 대학병원 응급의료센터에서 근무할 때는
나날이 새로운 지식을 머릿속에 끊임없이 넣어야 했다.
종합사회복지관에서 근무할 때는 내가 해야 할 간호업무를 스스로 터득해야 했고
다른 직종과의 관계 속에서 새로운 업무를 익히고 적응해야 했다.
재활요양병원에서 근무하고 있는 지금은 기본 간호의 소중함을 깨닫고 있다.

건강을 위해 어떻게 해야 하는지 모르는 사람은 없다.
정보화 시대인 지금은 어른은 물론 아이들도 교육을 통해 많은 건강정보를 알고 있다.
다만 실천이 어려울 뿐이다.

재활요양병원에 근무하면서 바쁘게 사느라 실천하지 못한 것이 후회된다고 하시는
환자분들을 많이 만난다. 이런 환자분들을 대할 때마다 나는 반성한다.
의료인으로서 건강을 실천하고 있는가를 말이다.
그럼에도 불구하고 희망을 잃지 않는 것이 중요함을 배우고 있다.
우리는 태어났고 삶을 마감할 때까지 각자 삶의 주인으로서 최선을 다해 살아가야
하니까 말이다. 일상에 지쳐 얼굴을 찌푸리다가도 재활을 위해 열심히 치료에 임하시는
환자분들과 옆에서 격려하고 계시는 보호자분들을 보면서 나는 더욱더 최선을 다해
간호업무를 해야겠다고 매일 결심한다.

그럼 재활에 필요한 최선의 간호는 무엇일까?
순간순간 최선을 다했노라고 말하지만 한 번도 진지하게 생각해본 적이 없는 것 같다.
환자분들이 건강을 실천할 수 있도록 구체적인 방법을 생각해보아야겠다.
재발되지 않도록 지속적인 모니터링을 해야겠지만 환자분들의 생활을 이해하고
고민을 들어줄 수 있는 따뜻한 간호가 필요하겠다.
아울러 보호자분들의 어려움도 함께 나눌 수 있어야 하겠다.

새벽에 잠든 나.
전화벨 소리에 잠이 깼다.

그리고 잠시 후,
딩동~~ 시어머님께서 오셨다.

긴 내용은 생략하겠다.
시어머님 입장에서는 너무 정당하지만 난 피곤하다.
조금만 더 자고 싶다.
더~~더~~ 하루만이라도 편하게 쉬고 싶다.

남편이 또 내 눈치를 보기 시작한다.
하루 종일 업무에 시달려야 할 텐데······ 스트레스 주기 싫었다.
부랴부랴 아침식사 준비를 했다.

오늘같이 편히 쉴 수 있는 날이 한 달에 몇 번이나 된다고.
특히 새벽부터 움직이는 나인데 말이다.
오늘만큼은 완전 늘어지고 싶었는데 일상의 작은 기대가 무너지는
순간이다.
머리가 맑지 않다.
내가 젤 싫어하는 컨디션이다.

오늘 하루! 내 황금 같은 하루!! 어떻게 할 거냐고!!

늘 이랬다.
불쑥불쑥.
남편이 내 맘을 달래주려고 전화를 했다.

쌓이는 스트레스를 풀기 위해 헤드폰을 뒤집어쓰고 음악을 듣고
있다가 남편의 전화를 조금 늦게 받았다.
무슨 일이 있는 줄 알고 많이 걱정했다고 한다.
내 남편이 무슨 죄가 있다고. 참 나쁜 나다.

난 그냥 테스트 당하는 게 싫다.
그냥 편하게 살고 싶다.
설명 듣기도 싫고.
내게 이것저것 질문하는 것도 싫다.

화가 나지만 드러낼 수는 없다.

남편이 나로 인해 상처받는 게 싫다.
내 남편이니까 말이다.
남편을 사랑하니까 그럴 수 없다.

그때 피곤한 티 팍팍 내며 아침식사를 준비했다면
아마도 지금 엄청나게 후회했을 거다.
한 번도 늘어지게 쉰 적이 없다고 말하고 있지만
지난 일기를 살펴보면 꼭 그렇지도 않음을 확인할 수 있다.
지나치게 감정에 집중하면 상황을 객관적으로 볼 수 없다.
지금 생각하면 어머님께 너무 죄송하다.
자주 찾아뵙지도 못하는데 찾아오신 어머님께
진심으로 따뜻하게 대하지도 못하고 말이다.
참 부족한 나다.
아들 둘을 키우며 어머님의 마음이 조금 이해가 된다.

난 아마도 우리 어머님보다 더 아들을 보고 싶어 할지도 모른다.
나에 비하면 우리 어머님께서는 우리를 많이 배려하시는 것 같다.
시간이 지날수록 어머님이 이해되면서 죄송하고 감사한 마음이 든다.

앞으로도 감정대로의 행동은 금물이다.

후회하게 될지도 모르니까 말이다.

남편을 사랑한다면 그의 가족까지도 사랑해야 하는 넓은 마음이 필요하다.

■ ▨ ▨ **2008. 7. 18. 금요일**

늘 그렇지만…… 밤 근무는 힘들다.

재학이, 재호가 보고 싶다.

일하지 말라던 남편도 보고 싶다.

정신없이 바쁘다가도 야식 먹고 잠시 커피 한잔 할 때면 어김없이 그리움이 찾아온다.

응급실이었다면 가능하지 않았을 사치스러운 감정이다.

병동에서의 근무도 크게 다를 바 없다.

내가 간호해야 할 환자의 수가 많을 때는 더욱 그렇다.

환자의 숫자만으로도 버겁고 스트레스가 된다.

그럼에도 불구하고 간호 업무에 대한 애정을 갖기 위해서는 많은 노력이 필요하다.

일단 우선순위를 정해서 일을 해야 한다.

그리고 밤 근무만이 내게 줄 수 있는 유익을 생각해보는 거다.

잠깐의 휴식도 없다면 밤 근무가 너무 슬플 것 같아서 조금 일찍 출근하더라도

휴식시간은 꼭 갖자는 것이 고생하는 나를 위한 소심한 배려다.

그 잠깐의 휴식이라는 것이 커피 한잔과 간식을 먹는 시간이지만 말이다.

물론 일을 하다 보면 반드시 그런 시간을 갖지 못할 때도 있다.

밤새 많은 환자들의 안녕과 시름을 기록하고 약을 챙기고 다음날의 간호 스케줄을

정리하다 보면 새벽이 온다. 그즈음 창밖을 몇 초간 바라봐줘야 한다.

아무리 바빠도 말이다. 그 순간 새로운 진리를 깨닫게 된다.

아무리 힘들어도 아침은 온다는 불변의 진리를 말이다.

창밖의 지하철 역사에 불이 켜지고 아침을 준비하느라 분주함이 느껴진다.
도로 위의 차들도 어디론가 빠르게 달려간다.
홀로 밤을 샌 나는 이마에 송글송글 맺힌 땀을 닦고 다시 간호 업무를 시작한다.
약간의 들뜬 마음으로 말이다. 나는 이런 느낌이 참 좋다.
일이 끝나가는 뿌듯한 이 느낌 말이다.
밤 근무가 싫은 나의 마음을 이런 느낌으로 보상해주시는 하나님께 감사하다.

밤 근무가 너무너무 지겹고 힘들 때 나는 아빠 생각을 한다.
예전에 우리 아빠는 얼마나 힘드셨을까? 지하에서 밤을 새야 했던 우리 아빠!
그 성실함을 그대로 물려받았기에 난 지금 잘하고 있다.
지하가 아닌 지상에서 밤을 새는 것에 감사해야 한다.
내가 힘들어하면 부모님께서 마음 아파하실 거니까 말이다.

어릴 때 아빠가 밤에 일을 하러 가시면 지하에서 일하다가
죽을지도 모른다는 생각 때문에 너무도 두려웠었다.
그때는 광산촌에서 일하다가 죽는 광부들의 이야기가 종종 뉴스에 나왔었다.
예전에 난 탄광촌이 많이 지겨웠다. 탄광촌을 벗어나는 것이 꿈인 적도 있었다.
그런데 지금은 그때가 가끔 그립다.
그런 환경이 그리운 것이 아니라 그때 내가 했던 결심들과 추억들이 그립다.

어른이 된 지금 내 아이들에게도 내 직업에 대해, 내 밤 근무에 대해 설명해야 한다.
"재학아, 재호야! 너희들 예전에 밤에 아파서 병원에 간 적 있지?"
"그때 의사 선생님과 간호사 선생님이 재학이 재호 아픈 데 호~~ 해줬지?"
"응~~ 맞아!! 맞아~~!!"
"엄마도 그거 하러 가는 거야."
"근데 왜 꼭 엄마가 가야 해요? 다른 사람한테 하라고 해요."
"너희들이 제일 좋아하는 장난감을 다른 사람한테 줄 수 있어?"
"아니요~~~!!"
"그래 엄마는 간호사야. 엄마만 할 수 있는 일이고 엄마가 하고 싶은 일이라 엄마가
가야 해." 아이들은 두 눈을 말똥말똥 뜨고 나를 쳐다본다.
더 질문할 것 같아서 "오늘만 봐줘~~" 하고 얼른 문을 나선다.

결혼하기 전에는 나를 좀 더 화려하고 멋지게 포장하고 싶었던 욕심 때문에
상처받았던 적이 많다. 하지만 지금은 편하다.

얘기가 길어졌다.

지금의 풍경은 그때와는 많이 달라졌다.

밤 근무도 많이 줄었지만 가끔 밤에 출근하면 든든한 나의 아들과 남편이 문자를
보낸다. "힘내라고!!" 행복하다.

교대근무가 싫어서 이직을 고려하고 계신 간호사 선생님들이 계시다면 교대근무가
좋은 점을 구체적으로 생각해보라고 말해주고 싶다.

생각보다 좋은 점이 많기 때문이다.

■ ▨ ▨ 2008. 7. 20. 일요일

모든 사람의 필요가 같을 때 그리고 그것을 함께했을 때 그때
행복하다고 느낄 수 있을 것이다.

각각 다름을 안다. 그리고 인정해야 한다.

알면서도 내 욕심이 앞선다.

그리고 괴롭다.

비가 온다.

남편과 함께 할 수 있는 일이 많지 않다.

생각해보지도 않았다.

어떤 걸 해보려는 시도도 하지 않았다.

그래서 아직은 뭐가 재미있는지 뭐가 잘 맞는지, 뭐가 잘 안 맞는지
잘 모른다.

그래서 약간의 언쟁이 있었다.

난 피아노를 치며 노래를 부르고 싶었고 영풍문고를 가고 싶었다.
아들들은 거실에서 블록 놀이를 하고 싶어 하고 남편은 사우나를
가고 싶어 했다.
원하는 것이 다 다르다.

내가 휴일에 젤 하고 싶은 것은 아침에 가족과 함께 교회에 가서 예배를
드리고 관련된 다른 활동들을 함께 하는 거다.
그리고 영풍문고에 가서 책도 읽고 괜찮은 책이 있다면 구입해서
일주일 동안 읽는 것 등이다.
어렵다. 잘 안 된다.

남편을 잘 모르겠다.
가족을 위해 자상하지만 늘 제안하는 것이 내가 싫어하는 것에다가
건설적이지 않은 것들이다.
전적으로 나만의 생각임을 잘 알고 있다.
그래도 화가 난다.
늘 똑같은 일상의 남편의 모습.
살을 빼기 위한 어떤 노력도 하지 않는다.

난 변덕쟁이다.
언제는 남편이 너무 좋다고 난리더니…….

혼자 있고 싶어서 욕조에 물을 가득 받아 두 아들을 놀게 했다.
욕실이 엉망이 되었다.
자기들끼리 깔깔깔 좁은 욕조이지만 물놀이에 신이 났다.
내 맘을 아는지 모르는지…….

방에 있던 남편이 나와서 욕실에 들어갔다.
그냥 아이들에게 주의를 주려고 들어간 줄 알았더니
같이 물장난을 하고 있다.
귀연 남자들……

이렇게 가족과 함께한 귀한 일요일이 지나가고 있다.

서로의 사생활을 존중하고 배려하는 마음이 결혼생활에 필수다.
알면서도 어느새 이기적인 나를 발견한다.
이런 평범한 일상이 소중하고 아름답게 느껴지는 지금,
그때의 이기적인 나를 발견하고 부끄럽다.
그리고 아들들의 눈높이에 맞추어 함께 놀아주고 평범한 일상을 즐길 줄 아는
멋진 나의 남편에게 다시 한 번 감사함을 느낀다.

2010년. 남편은 열심히 운동을 하고 있다.
그냥 믿어주고 스스로 할 수 있을 때까지 기다려주는 것이 사랑인 것 같다.
언제 멈출 지도 모르는 운동이지만 계속할 수 있도록 늘 옆에서 격려해줘야겠다.

■ ▨ ▨ 2008. 7. 23. 수요일

휴~ 드디어 쭉~ 쉬는 날이다.

휴가가 아니어도 많이 쉴 수 있다는 것이 지금 직장에서 좋은 점이다.
물론 그에 따르는 수고가 있어야 하겠지만 말이다.
쉰다고 늘어지게 쉴 수 있는 건 아니지만
내가 좋아하는 의미 있는 일을 할 수 있음에 감사하다.

8월의 스케줄도 거의 잡혀가고 있는 중이다.

하루하루를 채워 가는 즐거움!!
똑같은 일상이 아닌 짜여진 근무 스케줄에 따라 일하는 것.
이것이 간호사라는 직업의 또 하나의 매력인 것 같다.

좋다~~ 좋다~~ 좋아!!
긍정의 마법에 걸려라!

새벽에 한강을 지나면서 글 하나를 읽었다.
성공하려면 원칙을 지켜라.
시간이 걸릴지라도……!!
좋은 말이다.

■ ▦ ▦ **2008. 8. 1. 금요일**

다른 사람들의 평가를 두려워하지 말자.
겸허하게 받아들이자.

파이팅!!

재활요양병원 간호사로 근무하면서 계획했던 대로
요양보호사 양성을 위한 교육원에서 강의를 하게 되었다.
근무 시간이 길지민 쉬는 날을 활용히여 내가 좋아하는 일을 할 수 있기에 감사하다.
현재 하고 있는 간호 업무와 강의가 밀접한 관련이 있기에 현장에서 간호할 때에도
더 세심한 배려와 관심을 갖게 된다.

진심으로 환자를 대하게 되고 그들의 옆에서 늘 수고를 아끼지 않는 보호자,
요양보호사, 간병사의 업무에 관심을 갖게 되었다.
내가 할 수 있는 일이라고는 고작 그분들의 이야기를 들어주고 격려하는 일밖에는

없지만 말이다. 오히려 그분들로 인해 배우는 것도 많다.
간호사로서 이렇게 합리적인 상황에서 일할 수 있음이 감사하다.

강의하는 것은 즐겁고 좋아하는 일이기도 하지만 휴식과도 같은 달콤하고 소중한
시간이다. 강의시간이 나의 휴식시간이라는 의미는 아니다.
강의하면서 간간히 간호사, 사회복지사 등의 직업에 대해서도 알려주고 환자를 위해
존재하게 되는 요양보호사라는 직종을 배출함에 내가 일조한다는 생각에
자부심과 책임감도 생겼다.

수강하시는 분들의 눈높이를 맞추는 일과 내가 아는 것을 효과적으로 전달하기 위해
나는 많은 준비를 해야 했다. 그 과정을 통해 기본 간호의 중요성을 다시 한 번 깨닫게
되었고 스스로 많이 배운 것 같다.
앞으로도 더 많은 시간이 필요하겠지만 즐기면서 천천히 할 생각이다.

강의를 하면서 내가 간호사인 것이 감사하고 간호현장에서 더 열심히 일해야겠다는
생각을 하게 되었다. 글을 쓰는 지금도 나는 계속 공부가 하고 싶다는 생각이 든다.

요양보호사라는 직종은 대상자의 가장 가까이에서 일하고 있음에도 불구하고
가끔은 인격적인 대우를 받지 못하며 일을 한다는 현장의 소리를 듣곤 한다.
마음이 다쳤을 요양보호사들을 생각하면 나도 덩달아 마음이 아프다.
동병상련이 아닐까 생각해본다.

강의할 때 내가 특히 신경을 곤두세우는 부분은 직업의 정체성에 관한 부분이다.
어떤 상황에도 굴하지 않고 자신의 직업에 대한 자부심을 가지고 일할 수 있도록
강의에 초점을 두고 있다.
나를 비롯하여 대부분의 사람들이 다른 사람들의 평가에 예민하다.
기분 좋은 평가에 기쁠 때도 있지만 좋지 않은 평가에 대해서는 상처를 받게 된다.

중요한 것은 내가 진심으로 잘하고 있는지에 대해 수시로 질문해야 한다.
내 직업에 필요한 지식을 숙지하고 적절하게 수행하였는가를 늘 확인할 필요가 있다.
스스로의 평가에 합격점을 받아야 할 것이다.

어떤 불리한 상황에서도 자신의 직업에 자부심을 가지고 존재의 이유를 드러내야 하지
않겠는가? 그렇게 할 때 간호현장에서 일하는 모든 종사자들이 대중들로부터 인정받을

수 있지 않을까 생각해본다.
강의를 하는 이유도, 간호를 하는 이유도, 이 글을 쓰는 이유도 모두 동일하다.
나는 배운 것을 실천할 뿐이다.

■ ▨ ▨ 2008. 8. 3. 일요일

휴~~~~~~~~~~~~~~~~~~~~

기다림.
그렇게 기다렸는데 막상 때가 오면 약간의 허무함이 느껴진다.
설렘으로 버틴 나.
오랜만에 남편과 함께 쉬는 휴일이 그냥 그렇게 지나가버렸다.

남편과 함께 시원한 물을 마시며 공포영화 한 편 봤으면 좋겠다.
그게 그렇게 어려운 건지.
아이들이 두 눈 시퍼렇게 뜨고 남편과 나만 바라본다는 거…….

행복하지만 때론 족쇄가 아닐 수 없다.
이렇게 표현해도 되나?
미안하다, 아들들아~~

원하는 걸 할 수 없을 때 더욱 간절해지는 것 같다.
예전에 비해 지금은 아이들에게서 자유로워지긴 했지만 아직도 남편과 단둘이
데이트하고픈 내 마음은 여전하다.
아직은 둘째가 두 눈을 크게 뜨고 나만 바라보고 있기에 둘이서 영화를 보는 건
자유롭진 않지만 아주 가끔 심야 영화를 보며 서운함을 달랜다.

아까운 off가 다 지나갔다.
너무 피곤하다.
오전에 빨래하고 정리만 했을 뿐인데······.

커피를 마시고 바로 잠들었다.
그렇게 자고 일어났더니 하루가 다 가버렸다.

그래도 실컷 자서 그런지 머리는 맑다.

남은 오늘을 잘 보내야겠다.

한명 한명의 환자에게 최선을 다한 하루였다.
아주 길게 일했지만 너무 짧게 느껴졌다.
내 말 한마디, 내 손길 하나에 고마워하는 환자들을 보며 감사할 따름이다.

어떤 상황에서도 당황하지 않고 간호 업무에 임할 수 있도록
풍부하고 다양한 임상경험을 하고 싶다.

■ ▨ ▨ **2008. 8. 10. 일요일**

알았을 때의 자유~~
몰랐을 때의 두려움~~

살면서 두려움이 생긴다면 제일 먼저 두려움을 인정하고 잘못된 부분을 수정하고
긍정적인 마음가짐으로 열정적으로 달리면 된다.
그렇게 하면 두려움으로부터 자유가 찾아올 것이다.

■ ▨ ▨ **2008. 8. 12. 화요일**

off가 다 지나가고 있는 이 시점.
가족과 함께 계획한 대로 잘 지냈는지 점검해본다.

맛있는 음식을 해주지 못하고, 인스턴트 음식으로 대치하고,
외식을 했다는 죄책감이 나를 반성하게 만든다.

귀여운 재호, 듬직한 재학.
요즘 재학인 사춘기인지 작은 일에도 화를 잘 낸다.
궁금해서 물어봤더니 심경의 변화가 생겼다고 한다.
누굴 닮아서 이렇게 말을 잘하는지…….

암튼 요즘 애들은 참 빠른 것 같다.
모른 척 기다려줘야 하는데 난 벌써 조바심이 생긴다.
자꾸 아들이 궁금하다.

■ ▦ ▨ **2008. 8. 17. 일요일**

요즘 올림픽에서 금메달을 따는 선수를 보며 나도 울컥한다.
감동이다.
얼마나 노력했을까 하는 생각에 가슴이 뭉클하다.

나도 내가 원하는 것을 위해 노력하고 있기에 마치 내가 금메달을 딴 것 같은 착각을
느끼며 행복하다. 잠시 상상해본다.
많은 간호사들이 간호현장에서 행복해하는 모습을 말이다.

■ ▦ ▨ **2008. 8. 18. 월요일**

강의를 들었다.
필요한 내용을 들으며 강의하는 사람에 대해서도 잠시 생각해보았다.
책 속의 활자를 그대로 읽어주는 것은 비양심적이라는 것을 말이다.
강의하는 사람은 그래서는 안 된다고 생각한다.

■ ▨ ▨ 2008. 8. 21. 목요일

오랜만에 영화를 봤다.
모든 것은 마음에서 시작된다.
에휴~~ 너무 무서웠다.

무슨 영화를 봤을까? 물론 모아놓은 영화 티켓을 날짜와 대조해서 찾아보면 되겠지만
영화 제목이라도 적어놓을 걸. 갑자기 궁금증 폭발이다.

■ ▨ ▨ 2008. 8. 26. 화요일

한없이 겸손해지는 이 시점 그리고 두려움.
위기와 슬럼프.
어떡하지?
앞으로 내가 어떻게 하면 되는 거지?

무섭다.

객관적으로 나를 살펴봐야 할 시간이다.
방법에 문제가 있다면 방법을 바꾸고, 내 욕심이 문제라면 욕심을 버려야 할 때다.
위기와 슬럼프의 원인 중 대부분은 내 욕심으로 인한 위선과 거짓 때문이라는 것을
일기를 통해서 깨달았다. 내려놓아야겠다. 너무 오래 허우적대지 말아야겠다.

무덤덤해져야 한다.
알고 해야 한다.
기다려야 한다.
겸손해져야 한다.

1
대리만족은 안 되는데…….

재학이가 음악에 소질이 있는 것 같다는 선생님의 말씀에
남편과 나는 무아지경에 빠졌다.

재학이는 음악을 좋아한다.
특유의 따뜻함과 낙천적인 성격 그리고 성실함.
아빠의 좋은 점을 그대로 물려받아서 재학인 뭘 해도 잘할 것 같다.

좋다…….
계속 좋다!!

2
강의를 들었다.
여전히 좋았다.

3
이젠 장보러 가야 한다.

평범하지만 소박하고 행복한 하루였음이 느껴진다.
온라인 강의도 듣고, 대부분의 아줌마들처럼 내 아이만의 천재적 재능에 행복하고,
인간의 기본적인 욕구 충족을 위해 장도 보고……
예전에는 미처 몰랐다. 평범하게 사는 것이 얼마나 행복한 일인지 말이다.
또한 대한민국에서 평범하게 사는 것이 쉬운 일이 아니라는 것도 잘 안다.
가끔 감사를 잊고 있을 때 내가 예전에 썼던 일기나 메모장을 읽어보며
그때의 그 기억으로 다시 행복해짐을 느낄 수 있다. 그래서 나는 꼭 권하고 싶다.
행복한 느낌을 기억하기 위한 방법으로 글쓰기를 해보라고 말이다.

■ ■ ■ **2008. 9. 7. 일요일**

아침이 밝았다.
밤을 새보면 알 수 있다.
어두운 밤이 지나면 밝은 아침이 온다는 것을.

어려운 일이 있을 때는 지금의 이 느낌을 잊지 말아야겠다.

어제도 컨디션이 안 좋은 환자가 있었다.
나는 진정 최선을 다했는가?
환자에게 제공된 간호가 적절했는가?
내가 가진 지식이 충분했는가?
이런저런 반성을 해본다.

오늘 하루도 파이팅!!

간호사로서 하루를 점검하는 시간은 반드시 필요하다.
부족하다면 반드시 채워야 한다. 그것은 의료인의 양심이다.
바쁘다는 이유로 그것을 게을리 할 때가 종종 있지만, 스스로 행복한 족쇄를 채워보는
건 어떨까 생각해본다. 하고 있는 일이 즐겁다면 그 일을 놓치고 싶지 않기에
자기계발을 게을리 하지 않을 거다. 만약 하고 있는 일이 즐겁지 않다면 다른 일을
찾기보다는 현재 일을 즐겁게 할 방법을 찾는 것이 더 빠를 것이다.
순전히 내 생각이다. 혹 현장에서 일하면서 즐겁지 않은 간호사 선생님이 계시다면
내 이야기를 참고하기를 바란다.

■ ▦ ▦ 2008. 9. 9. 화요일

때론 틀에 박힌 것 말고 하고 싶은 대로 자유롭게 살고 싶다.
주변에서는 "그럼 그렇게 해봐."라고 말한다.
그런 말에 용기를 내어 틀에서 벗어난 생활을 해본다.
어느 순간 다시 원래대로 살고 있는 나를 발견하곤 한다.
그 틀이란 걸 이렇게 바꾸기가 어렵단 말인가?
머리가 많이 무겁다.
이것이 Night 근무의 후유증인 것 같다.
이치를 거스르는 일이란 쉽지 않은 것 같다.
그렇다면 왜 하나님은 내게 이토록 힘든 일을 하도록 하셨을까?
이런 걸 통해서 내게 알려주실 메시지는 무엇일까?

비몽사몽간에 글을 쓴다. 하나님께 따지고 싶어서 말이다.
아침에 좀 더 자겠다고 소리 지르던 재학이에게 핀잔을 주고
난 늦게까지 잤다.
지금은 죄책감을 느끼며 이렇게 잠시 앉아 있다.

힘든 밤 근무를 극복하고자 나름의 의미도 부여해보고 깨달은 진리도 있지만
몸이 힘든 걸 부인할 수는 없다. 세상에 공짜는 없나 보다.
밤을 샌다는 건 역시 힘든 일이다.
내가 좀 더 어렸을 때는 경력이 쌓이면 밤 근무가 수월할 거라고 생각했었다.
경력은 업무를 원활하게 해주지만 나이가 체력이 되는 건 아님을 느낀다.
경력을 쌓는 것도 중요하지만 건강을 소홀히 해서는 안 된다.
예전에 선배 간호사가 했던 말이 유난히 생각나는 지금이다.
건강이 제일 큰 재산임을 잊어서는 안 된다.

■ ■ ■ ■ **2008. 9. 11. 목요일**

하나님은 왜 내게 늘 최악의 상황만을 주실까?
늘 그런 건 아님을 인정한다.
그러나 이번엔 정말 너무하신 듯하다.
물론 이유가 있겠지만 정말 너무하다.

이번엔 정말 최악이다.
어떻게 견뎌야 할지…….
힘을 주소서…….

내용으로 보아 정말 힘든 일이 있었던 것 같은데 정확히 어떤 일인지
기억이 나질 않는다. 아마도 내 삶을 뒤흔들만한 큰일은 아니었나 보다.
살짝 웃음이 나온다. 그때 내가 어떻게 행동했을지 상상이 되어서 말이다.
그래도 내게 말해주고 싶다. 잘했다!! 잘 견뎠다!! 그래서 지금 행복하다.
난 정말 무례한 것 같다.
하나님과 그리 친하지도 않으면서 매일 질문하고 따지니까 말이다.

■ ▩ ▩ 2008. 9. 13. 토요일

너무 많은 말을 할 필요는 없었다.
말이 길어진다는 건 자신이 없다는 얘기라는 걸 알기에 말이다.

지나친 변명은 필요 없다. 잘못했다면 인정하고 수정하면 된다.
만약 진실이라면 시간이 해결해줄 거다.

■ ▩ ▩ 2008. 9. 16. 화요일

딱 죽고 싶다.

죽지 않아서 다행이다.

■ ▩ ▩ 2008. 9. 17. 수요일

내가 하는 강의를 통해 에너지를 얻으며, 임상에 있음이 힘들지만
감사하다.

좋아하는 것도 변하는 것 같다.
난 그런 다양한 느낌이 좋다.

하루에도 몇 번씩 마음속 사직서를 만지작거린다.
자존심이 상해서, 급여가 작아서, 다른 사람들과 관계가 힘들어서,
더 나은 삶을 위해서 등등의 많은 이유가 각자의 마음속 사직서를 움직이게 만든다.

그럼에도 불구하고 하루가 끝나갈 즈음, 마음속 사직서를 보류했음에

감사할 때가 있다. 그런 마음이 생길 때를 가만히 들여다보면 열심히 일한 후 뿌듯함을 느끼는 순간인 것 같다.

혹 지금 사직을 고려하고 있다면 하고 있는 일에 대해서 최선을 다하고 있는가를 다시 한 번 생각해보고 결정하라고 말해주고 싶다.

후회할지도 모르니까 말이다.

■ ▨ ▨ ▨ **2008. 9. 18. 목요일**

아직도 충격이 사라지지 않았나 보다.

무서운 꿈을 꾸었다.

최근에 잠꼬대를 안했는데 내가 지금 힘들긴 한가 보다.

악몽이다.

지나가겠지…….

그런 결정을 한 사람도 나도 모두 상대방의 입장보다는 스스로에게 집중해 있기 때문에 괴로운 것이다.

가정과 직장생활을 객관적으로 분리해야 할 필요가 있다.

직장에서 힘들었던 것을 집에까지 가져오게 되면

또 다른 후회를 만들게 되니까 말이다.

시간이 지났기에 그때 그 시점에 무슨 일이 있었는지는 정확히 기억나지 않는다.

다만 짐작이 갈 뿐이다. 집에서 잠을 자면서까지 힘들었나 보다.

불행의 느낌이 감지되었을 때는 과감하게 'Stop!'을 외쳐야 한다.

간호 업무는 누구 하나가 잘하고 못하고의 일이 아니다.

사람의 생명을 다루는 일이기에 하루도 빠짐없이 업무가 계속 진행되어야 한다.

그렇기에 다른 직종과 다르게 교대근무를 한다.

누구에게는 교대근무가 장점이 될 수도 있고, 다른 그 누구에게는 단점이 될 수도 있다.

간호사 면허를 가진 사람이라면 누구나 이런 간호 업무의 생리를 알고 있을 것이다.

간호는 팀워크가 중요하다. 자신의 일을 뒤로 미루는 것은
다른 사람에게 피해가 되기에 주의가 필요하다.
그런 습관으로 인해 누군가는 악몽에 시달릴 수도 있음을 기억해야 한다.
그래야 전문가라고 할 수 있을 것이다.

지금은 용서를 위해 조절 중이다.
하나님은 내가 용서하기를 바란다.

용서란 선택이 아니라 필수인 것 같다.
용서를 위해 머뭇거리는 시간이 내게 더 지옥이니까 말이다.
잠시 머물러 생각해보면 '내가 진정 용서할 자격이 있는가?' 하는 의문이 든다.
어쩌면 내가 용서를 받아야 할지도 모른다. 간호는 혼자 하는 것이 아니기에 말이다.

■ ▩ ▩ **2008. 9. 19. 금요일**

오늘 하루도 성공이다. 좋다.

무슨 일일까? 아마도 학생들과 호흡이 척척 잘 맞았나 보다.
만약 내가 강의를 하지 않았다면 임상을 쉽게 그만뒀을지도 모른다.
작은 일에 속상하고 나만 손해 보는 느낌에 얽매여 헤어나지 못했을지도 모른다.
강의를 하면서 병원 생활을 더 열심히 할 수 있게 된 것 같다.
내가 한 말에 대한 책임을 져야 한다는 행복한 구속 때문이 아닐까 생각해본다.

■ ■ ■ ■ **2008. 9. 20. 토요일**

전부는 아니지만 내가 결심한 대로 실천에 옮겼다.

불평이 아닌 의견을 제안했다.
그렇게 될지 안 될지는 알 수 없지만 그래도 얻은 것이 있다.
의견을 조율하고 그렇게 해보기로 했다.
늘 그랬던 것처럼 앞으로도 난 불평이 아닌 의견을 제시할 거다.

개인적인 욕심이 아니라 진심이라면 어디서나 당당할 수 있는 것 같다.
조금이라도 양심에 꺼려짐이 있다면 즉시 멈추어야 한다.
그래야 내가 좀 더 당당할 수 있기 때문이다.
다른 사람에게 피해를 주면서 이루어낸 성공은 의미가 없다.
이것이 내가 틈틈이 보는 드라마들에서 얻은 진리다.
하나를 빼앗으면 둘을 잃는다. 작은 이익을 위해 양심을 버리진 말자.
일하면서 좀 힘들다고 해서 양심에 꺼리는 일을 한다면
앞으로도 계속 힘들 테니까 말이다.

■ ■ ■ ■ **2008. 9. 22. 월요일**

남편과 이고그램을 했다.
우린 너무도 비슷한 것 같다.
상호보완적인 부분도 있었지만 말이다. 우린 찰떡궁합이다.

이고그램이 모든 것을 말해줄 수는 없지만
자신을 파악하고 상대방을 이해하는 데 약간의 도움을 준다.

■ ▨ ▨ 2008. 9. 27. 토요일

답이 없을 때는 그냥 하던 일을 묵묵히 열심히 하면 된다.

좋은 방법인 것 같다. 지금도 가끔 그렇게 하곤 한다.
그렇게 하다 보면 조금씩 답이 보인다.

■ ▨ ▨ 2008. 9. 30. 화요일

욕심을 늘려 가는 것보다는 현재의 소중한 것을 잘 지켜내는 것도
중요하다.

그런 마음으로 하루하루를 보내야겠다.

욕심이 늘어가는 요즘 다시 한 번 되새겨야 할 내용이다.

■ ▨ ▨ 2008. 10. 1. 수요일

더 이상 내가 해왔던 성과 없는 일들에 얽매이지 않을 거다.

교만이 느껴지는 글인 것 같기도 하고 진취적인 결심을 한 것 같기도 하고.
잘 모르겠다. 성과가 있는지 없는지는 무엇으로 판단한 건지 궁금하다.

▪ ▨ ▨ 2008. 10. 4. 토요일

슬럼프가 찾아왔다. 잘 극복하고 말 테다.

힘들 땐 마음을 잘 다스려야 한다.
내 삶의 주인은 나이니까 말이다.
스스로 토닥토닥 위로하는 방법을 찾아야 한다.
이렇게 일기를 쓰는 것도 하나의 방법이 된다.

그땐 힘들었겠지만 예고 없이 찾아오는 슬럼프를 잘 극복했기에
지금 이렇게 뒤를 돌아볼 기회도 갖는 거겠지?
가끔씩 찾아오는 슬럼프와도 친해져야겠다.
그러다 보면 슬럼프 기간이 짧아지겠지?

▪ ▨ ▨ 2008. 10. 6. 월요일

완전 쉬고 싶다. 실컷 자고 싶다.

▪ ▨ ▨ 2008. 10. 8. 수요일

좋았어~~~
에너지 충전 가득!!

단 이틀 만에 이렇게 회복된 것을 보니 강의하면서 충전을 했나 보다.
간호사가 병원에서 일하면서 관련된 강의를 함께하는 것은 본인에게는 물론
학생들에게도 매우 효과적인 일인 것 같다.

강의 준비를 하면서 쉬는 날을 헛되이 보내지 않게 되고 그런 과정이 궁극적으로 간호 업무에 도움이 된다. 끊임없는 학업에 대한 욕구가 생겨나 내게도 참 좋은 일이다.

이런 나를 바라보는 아이들은 열심히 하는 엄마가 자랑스럽다고 한다.
가끔 훌륭한 간호사라고 칭찬도 해준다.
강의를 하면서 자신감이 생긴다.
또한 밥을 먹지 않아도 힘이 나는 그런 행복감을 느낄 수 있다.
동기부여를 통해 자신이 하는 일에 의미를 찾고 행복을 느낄 수 있는
그런 강의를 하고 싶다.

■ ▨ ▨ **2008. 10. 11. 토요일**

시간을 금과 같이 여기는 내가 〈신의 저울〉을 연속으로
꿈쩍도 하지 않고 봤다.
만약 못 봤다면 인터넷으로라도 꼭 봤을 거다.
빠져들고 있는 〈신의 저울〉은 너무 재미있는 것 같다.

정말 정말 간절히 원하면 이루어지겠지?

드라마를 좋아하면 아줌마 같다고 하겠지만 난 가끔 푹 빠져서 보는 드라마가 있다.
내가 마치 연기자가 된 것처럼 지나친 감정이입을 할 때면 머리가 아플 때도 있다.
내 꿈이 연기자였다고 말하면 모두가 웃겠지? 하지만 사실이다.
난 연기가 하고 싶었다.
비록 텔레비전에 나오지는 않지만 난 매일매일 내 무대의 연기자가 되어 살고 있다.
행복하다.

■ ▩ ▩ 2008. 10. 14. 화요일

초심을 잃지 않아야 성공할 수 있다.
내가 바라는 성공은 그런 거다.

노인 간호현장에서 일하고 요양보호사 교육과정을 강의하면서
간호사로서의 초심으로 돌아갈 수 있었다.

■ ▩ ▩ 2008. 10. 15. 수요일

이상하다. 자꾸 가라앉는다.

■ ▩ ▩ 2008. 10. 20. 월요일

살이 찐다.

건강을 위해 다이어트는 필수다.

■ ▩ ▩ 2008. 10. 27. 월요일

일상으로!!

■ ▨ ▧ ▨ 2008. 10. 28. 화요일 오전

토크쇼에서 나오는 성공한 가수들의 이야기가 내 가슴에 와 닿는다.

인기라는 밧줄을 놓기 전에는 매우 불안하고 기계 같은 삶을 살았었는데
인기라는 밧줄을 놓는 순간 자유로움을 만끽할 수 있었다는
가수 비의 얘기다.

익히 들어 아는 얘기이지만 오늘 따라 내게 와 닿는다.

말이라는 게 누가 하느냐에 따라 다른데 그의 말에 진심이 느껴졌다.

10월은 내게 매우 바쁜 달이었다.
힘들었지만 행복했고 바쁜 와중에도 해야 할 일을 잘했다.

나의 짧고도 긴 휴가가 거의 끝나가고 있다.

11월엔 더욱더 바쁜 나날들이 펼쳐지겠지?
난 이런 설렘이 좋다.
11월에는 집단상담에도 꼭 참석해야겠다.
생각만 해도 가슴이 뛴다.

내가 간호사인 것이 참 감사하다.
찾아보면 간호사이기에 가능한 일들도 많고 다양한 현장들이 나를 기다리고 있다.
난 때때로 직업에 대한 사춘기를 앓곤 한다.
앞으로도 계속 그럴지도 모른다.
간호현장에서 간호사로서 하고 싶은 게 많다.
그래서 선택해야 하는 행복감을 즐기곤 한다.
곧 마흔이 되어가는 것이 아쉬울 뿐이다.

대학병원에서는 3교대를 했고, 종합사회복지관에서는 상근직으로, 현재 근무 중인
재활 요양병원에서는 2교대를 하고 있다.
각각의 장단점을 몸으로 느끼면서 상황에 따라 장점만을 잘 활용하고 있다.
현재는 2교대이기에 쉬는 날을 이용해서 육아와 좋아하는 강의를 하고 있다.
아마도 이렇게 시간을 건설적으로 활용할 수 있는 직업은 없을 것이다.

나이가 들었다고 해서 자신이 정말 좋아하는 일이 무엇인지 다 알고 있는 건 아니다.
하고 싶은 일과 해야만 하는 일 사이에서 내가 가장 행복할 수 있는 방법으로 조율하면
되는 거다. 난 그런 행복한 선택을 기꺼이 즐길 것이다.
그런 과정에서 난 또 무언가를 이루어낼 테니까 말이다.

■ ▩ ▨ ▧ **2008. 10. 28. 화요일 오후**

난 정말 나쁜 엄마다.
아이를 키우는 건 정말이지 힘든 일인 것 같다.
특히 공부를 봐주는 일……

난 되도록 아이의 공부를 봐주는 일을 하지 않으려고 한다.
아이와 트러블이 생길게 불 보듯 뻔하기 때문이다.
그래서 남편이 해주길 기대한다.
그러나 그것도 한계가 있다.
남편이 바빠서 맘과 달리 그렇게 하기가 어렵다.

오늘도 재학이 공부를 봐주다가 매우 큰 트러블이 생겼다.
더 이상 부딪히지 말아야 한다. 그것만이 평화를 찾는 길이다.

난 어렸을 때 우리 엄마보다 더 자상한 엄마가 되겠다고
맹세했는데……

지금은 엄마가 존경스럽다.

정말 엄마로서 내가 보여줄 수 있는 최악의 상황을 연출했다.

글을 읽으면서 쥐구멍에라도 들어가고 싶은 마음이 든다.
하루 동안 일기를 두 번 쓴 날인데, 어쩜 오전과 오후의 상황이 이렇게 다르지?
사람 마음이란 게 이렇게 간사하다니 부끄럽다.

■ ▦ ▦ **2008. 10. 29. 수요일**

11월 스케줄이 나왔다.
나를 압박하는 시간들…….
그러나 내가 선택한 일이다.

11월도 열심히 하다 보면 지나가겠지?

적절한 시기에 하나님께서 내게 힘을 주시겠지?

11월 스케줄도 완전 빡빡하다. 보기만 해도 가슴이 답답하다.
그럼에도 불구하고 매월 주어지는 나름의 긴 off를 기대해본다.

11월 홧팅!! 건강하자!

매월 짜여 나오는 duty schedule이 간호사들이 보는 최고의 베스트셀러임을
이 세상에 존재하는 간호사 선생님들은 다 알 거라 생각된다.
보고 또 보고 마음속으로 한 달의 대본을 짜고 삶의 연기를 시작한다.

똑같은 시간이지만 간호사 개개인마다 짜인 대본은 다를 거라 생각한다.
누구에게는 지옥이 될 수도 있고 누구에게는 천국이 될 수도 있다는…….
천국도 지옥도 내가 선택하는 것이므로 신중해야 한다.

힘들었던 신규 시절엔 꿈도 꿀 수 없었던 지금의 행복!
나도 나이가 들었나 보다.
나도 언젠가는 관리자가 되어 이런 베스트셀러를 써내야겠지?
아직은 관리보다는 실무가 좋다. 아직은 배워야 할 일이 많기에 말이다.
그러나 훌륭한 관리자가 되기 위한 노력은 계속하고 있다.
합리적이면서도 비전을 공유할 수 있는 따뜻한 관리자가 되고 싶다.

가끔씩 나는 빡빡한 스케줄을 즐긴다.
마치 유명 연예인이 된 것 같은 기분이 들기 때문이다.
누군가가 돌을 던질지라도 내 삶에서는 난 늘 주연배우다.

■ ■ ■ **2008. 10. 30. 목요일**

감기의 시초인가?
하루 종일 실컷 잤다.

재학이가 어린이집에서 졸업여행을 갔다.
여느 때와 다를 건 없지만 조금은 쓸쓸하다.

내일이면 볼 수 있겠지?

■ ▦ ▨ 2008. 11. 1. 토요일

입을 아름답게 사용하자.

이건 불변의 진리다. 따라서 의도적으로 노력해야 한다.

■ ▦ ▨ 2008. 11. 2. 일요일

아프다.
감기가 확실히 내게로 와버렸다.
이틀을 누워 지냈더니 등이 다 아프다.

재학이와 재호는 뽀뽀만 하면 내가 낫는 줄 알고 계속 뽀뽀를 해줬지만
나는 아팠다.
그래도 마음은 가뿐하다.

내가 아플 때 곁에 있어줄 가족이 있어서 행복하다.
특히 몸이 아플 때 더욱더 가족의 소중함을 느낀다.
아직도 내 주변에는 결혼하지 않은 후배 간호사가 많다.
이유는 여러 가지이겠지만 열정적으로 일에만 매달리다 보니 적령기를 놓친 것 같다.
아끼는 후배들이기에 꼭 결혼하라고 말해주고 싶다.
영화처럼 좋은 사람이 짠하고 나타날 것 같지만 현실 속에서 그런 일은 드물다.
결혼도 관심과 노력이 필요하다.
지금 일에서 빠져나와 미친 듯이 사랑에 빠져보라고 말해주고 싶다.
세상이 온통 핑크빛으로 보일 테니까 말이다.
행복한 간호사로 오래오래 일하고 싶다면 결혼을 권하고 싶다.
인간의 삶 속에서 간호가 더 깊어짐을 느끼기에 말이다.

■ ▨ ▨ **2008. 11. 5. 수요일**

오늘은 내가 생각해도 멋지게 마무리를 한 것 같다.

더 열심히 해야겠다.

강의하는 날은 에너지를 충전하는 날인 것 같다.

■ ▨ ▨ **2008. 11. 8. 토요일**

나이트 근무 후 참석하는 거라 정신이 맑진 않겠지만
애타게 기다리던 집단상담에 참석할 예정이다.
게다가 병원에서 그리 멀지 않은 교수님 댁에서 한다고 하니
더욱더 설렘이 크다.

아자아자 홧팅!!

■ ▨ ▨ **2008. 11. 9. 일요일**

행복한 일요일이다.
머리가 맑다. 마음이 편하다. 몸이 가볍다.

집단상담에 참석하여 마음을 나누는 일은 내게 또 다른 에너지를 준다.
집단상담은 내게 초인적인 힘을 발휘하게 하여 밤 근무를 하고도 침대로가 아닌
집단상담 장소로 나의 발걸음을 움직이게 한다.
또한 간호현장에서 환자를 대할 때나 동료들을 대할 때 진심을 발휘하도록 도와준다.

물론 좀 더 노력해야 할 부분이긴 하지만 말이다.
앞으로도 내 노력은 계속모드다.

■ ▨ ▨ 2008. 11. 10. 월요일

제발 말을 아끼길!!
머리가 아프다.
하루 일했을 뿐인데 피곤하고 지친다.

긴 시간 병원에서 근무하려면 충분한 충전이 필요하다.
그래서 하고 싶은 강의도 욕심내지 않고 가능한 범위 내에서 하고 있다.
그럼에도 불구하고 유난히 일 많고 힘든 날이 있다.
그래도 누군가가 해야 할 일이라면 기꺼이 즐겁게 하려고 노력해야겠다.
내 일이니까 말이다.

■ ▨ ▨ 2008. 11. 11. 화요일

아프다.
주사를 맞고 퇴근했지만 아프다.

일할 때는 아무렇지 않은 척, 쌩쌩한 척하다가 집에 오니까 아프다.

11월아~~ 부디 건강하게 지나가길!

체력이 좋진 않지만 일할 때는 어딘가에서 에너지가 나오니까 참 다행이다.
난 일이 좋은가 보다.

고민되던 일정이 지나가고 있다.
내가 한 간절한 기도 덕분인지 비교적 잘해낸 것 같다.

오늘 하루 푹 잘 자고 또다시 파이팅!~~

이러다 올해가 다 가겠다.
정말 빠르게도 지나간다.

나름 보람되고 의미 있는 2008년인 것 같다.
마무리를 잘해야겠다.

아침에 텔레비전 프로그램에서 매우 유익한 내용을 접하게 되었다.

부모로서 열심히 사는 모습을 보여주는 것도 중요하지만 아이들에게
따뜻한 엄마의 모습을 보여주는 것도 중요하다는 것을 깨닫게 되었다.

세상에 쉽게 되는 건 없는 것 같다.
내가 하는 일에 매진하다 보면 아이들에게 소홀해지는 것 같고,
아이들에게 좀 더 관심을 갖게 되면 내 일이 소홀해지는 것 같고…….
끝이 없다.

내 아들들이 공부를 취미로 할 수 있다면 얼마나 좋을까?

내가 어렸을 때 공부의 재미를 알았다면 지금보다는 선택의 범위가
훨씬 넓었을 텐데…….

이렇게 재미있는 공부를 고등학교를 졸업하고 나서야 알게 되다니.
정말 아쉬운 일이다.

좀 더 빨리 아이들이 공부를 즐기며 할 수 있도록 해줘야 할 텐데……
오늘 하루도 엄마의 조바심은 시작되었다.
갑자기 열성 엄마가 될까봐 두렵다.

아이를 잘 키우는 것은 어려운 일인 것 같다.
예전부터 난 아이를 통해서 대리만족을 느끼는 엄마는 되지 말아야겠다고 생각했다.
그래서 나는 일을 한다.
일단 시작하면 완벽하게 잘해야 한다는 생각이 지배적인 나라는 사람을 잘 알기에
아이들에게 강요하는 엄마는 되지 말아야겠다고 결심했다.

아이들 옆에서 돌봐준다는 이유로 내 방식을 지나치게 고집하게 될까봐
난 공부를 도와주는 일은 하지 않고 스스로 하도록 선을 그었다.
물론 요청하면 기꺼이 도와주겠지만 말이다.
만약 내가 일하는 엄마가 아니었다면 아이들은 지금보다는 덜 자유로웠을 거다.
객관적인 거리를 유지하며 사랑을 준다는 것은 정말 어려운 일인 것 같다.
방법은 다르지만 모든 엄마들의 마음은 똑같은 것 같다.
지독한 사랑에 빠진 엄마들!! 나도 그들 중 하나다.

■ ▨ ▨ **2008. 11. 15. 토요일**

사진을 보면 알 수 있다.
내가 지금 이미지 관리를 얼마나 소홀히 하고 있는지를 말이다.
선이란 게 없어졌다.
자꾸 둥실둥실 굴러갈 듯 살이 찌고 있다.
엄청난 노력이 필요할 것 같다.

더 늦기 전에 건강을 위해 다이어트를 시작해야 한다.

하루가 갔다.
훌쩍 떠나고 싶다.

난 왜 이렇게 꿈이 많은 걸까?
연기를 하고 싶다.
이러면 다 웃겠지?
푸~~하~~~하~~~~~~~~~~~~

살면서 꼭 한번 해보고 싶은 게 있다.
연기자 말이다.
다들 웃겠지?

그래도 하고 싶다.
웃음이 나온다.
생각만 해도 즐겁다.

즐거운 내 꿈을 격려해주기를 바란다.

막연하지만 이런 내 꿈을 생각만 해도 행복하다.

배우가 게으른 건 죄악이다.

따라서 옷도 빨리빨리 갈아입고 대본도 열심히 외워야 한다.

되도록 좋은 역할을 하면 좋겠지? 가끔은 악역도 멋있지만 말이다.

난 오늘도 엄마 역할, 아내 역할, 간호사, 강사의 역할을 위해 준비하고 있다.

이 중에서 엄마 역할이 젤 다양한 것 같다.

되도록 좋은 역할을 선택하려고 생각 중이다.

혹 악역을 맡게 되더라도 멋지게 해내고 싶다.

■ ▨ ▨ ▨ **2008. 11. 21. 금요일**

진득하니 그렇게 좀!!

이를 악물고 꼬집어서라도 진득하게!!

안 되겠니?

대학 다닐 때도 난 나를 꼬집은 적이 있다.

특히 정신을 집중해야 할 때 말이다.

또 다른 방법으로는 이를 악물어보기도 하고 엄지발가락에 힘을 줘보기도 한다.

그러면 신기하게도 정신집중이 잘된다. 잘 안 되면 나름의 주문을 외워야 한다.

드라마에서 보면 뭔가를 이루기 위해 노력하는 연기자가 이를 악무는 장면이 나온다.

난 그 마음을 안다. 내게도 그렇게 이를 악물고 해내야 할 일이 있었기에 말이다.

그 결과 치아가 상했다. 간호사로서 첫 월급을 치과 치료비로 써야 했다.

다음부터는 이를 악무는 방법 말고 주먹을 불끈 쥐어야겠다.

그것이 더 경제적인 듯해서 말이다.

지금은 침묵이 필요할 듯!!쉬고 싶다.

신경 쓰인다.
맞은 사람보다 때린 사람이 더 힘들다는 걸 새삼 깨닫는다.
상황에 따라 다르겠지만……
악의는 없었다.
결과는…….

그냥 그렇게 모른 척 사는 게 방법일까?

훌륭한 관리자가 되기 위해서는 업무가 원활하게
진행될 수 있도록 조정 능력이 필요하다.
결과에 대한 두려움 때문에 결단을 내릴 수 없다면 방관이다.
간호 업무는 함께 잘해야 한다. 서로에게 피해를 줘서는 안 된다.
자신의 몫을 해내기 위해 끊임없이 노력해야 한다.
그 상황에서 난 또 하나의 새로운 사실을 깨달았다.
훌륭한 관리자가 되기 위해서는 상대방이 준비가 될 때까지 기다려주는 것이 필요하다.
물론 객관적인 기준이 필요하다.
보다 나은 간호 업무를 위해서 서로에 대한 배려와 자신이 할 수 있는
최선의 노력과 수고가 필요하겠다.

지나치게 신경을 곤두세웠다.
마음을 다해서 신경을 써서 그런가?

그 사람도 알았는지 서로 맘이 풀렸다.
사회생활이 정말 쉽지 않다.
더구나 선배로서의 역할은 더더욱 쉽지 않은 것 같다.

다시 한 번 다짐해야 할 부분은 내 욕심보다는
사람을 소중하게 여겨야 한다.
그래야 내가 진정으로 바라는 훌륭한 관리자가 될 수 있다.
진실은 통하기 마련이니까 말이다.

간만에 실컷 자고 일어났지만 악몽에 시달렸더니 개운하지가 않다.

맛있게 먹어주는 남편과 아들들을 생각하며 힘들지만 2시간을
투자해서 반찬을 만들었다. 저녁에 오면 맛있게 먹겠지?

염미정!! 진실모드를 향해 다시 한 번 홧팅!!

뭔가 신경 쓰이던 일이 해결되었나 보다.
욕심을 버리면 상대방도 내 마음을 읽을 수 있게 되나 보다.
앞으로도 그런 마음 변치 말아야겠다.

늘 내가 하는 일에 호응해주는 사람들이 있어서 행복하다.
그러나 살짝 부담스럽다.
어쩔 수 없는 감정이겠지?
동전의 양면처럼 말이다.

지금처럼만 하면 되겠지?
일단 지금처럼 하려면 건강해야 한다.

내일 하루는 나를 위한 시간이다.
간만에 푹 쉴 수 있는데 뭘 할까?
벌써부터 설렌다.

공부는 역시 나를 향상시킨다.
다시 고민에 빠졌다.
대학원에 진학해서 간호학을 다시 하고 싶다.

저울이 조금씩 기울고 있는데 현실적인 문제들이
내게 고개를 내밀고 있다.

어쩌면 핑계일지도 모른다.
자신이 없는 건 아닌지?
일하면서 공부한다는 건 정말 무서운 일이다.

이번엔 정말 공부만 하고 싶다는 생각이 든다.
하지만 실무와 병행하여 공부할 때가 더 많은 것을 얻을 수 있었던
기억이 있기에 이번에도 그렇게 하고 싶다.

재학이가 내년에 초등학교를 들어간다.
두려워 말고 공부를 시작해?
아니야. 재학이가 적응할 때까지는 내가 도와줘야겠지?

내 재학, 내 사랑하는 재학…….
내 재학, 내 사랑 재학…….

뭐야……. 간만에 푹 쉴 수 있는 날인데 고민만 쌓이고 있다.
생각만 해도 행복한 고민이지만 말이다.

재활요양병원에서 일하면서 꼭 쓰고 싶은 논문이 생겼다.
지금도 당장 간호 대학원에 진학하여 공부를 시작하고 싶은 마음이 생긴다.
비록 대학원 진학을 하지 않았지만 꿈을 완전히 버린 건 아니다.
잠시 보류했을 뿐이다. 덕분에 재학이는 초등학교에 잘 다니고 있다.
아이가 꼭 필요할 때 옆에 있어주고 싶다.
일을 하기에 늘 옆에 있을 수는 없지만 최선을 다했기에 후회는 없다.
사회복지 대학원을 졸업하고 난 후 간호학을 더 열심히 해야겠다는 생각이 들었다.
간호학과 사회복지학은 밀접한 관계가 있는 것 같다.
내게는 간호현장이 사회복지 실천의 장이기에 말이다.
사회복지를 공부하면서 간호학을 더 사랑하게 되었다.
이 두 학문은 내게 현실과 이상을 동시에 실천할 수 있게 도와주는 것 같다.
이런 나의 생각이 누군가에게 질타를 당할 수도 있겠지만 말이다.

부디 복잡하지 말자.
힘내자.
홧팅!!

복잡한 생각의 수렁에 빠졌을 때에는 의도적인 노력으로 탈출해야만 한다.

거만 방지.
욕심 금물.
감사하기.

오늘도 주문을 외워본다.

늘 감사해야 한다.
행복해지려면 시계 알람을 맞추듯 의도적으로 감사할 일을 떠올려야 한다.
재활을 위해 노력하시는 대상자들을 보면 나도 모르게 눈에 눈물이 고인다.
이런 나의 감정을 드러낼 수는 없지만 말이다.
간호사 스테이션에서 재활을 위해 땀 흘리는 치료사 선생님들과 환자들을 보면서
가슴 속에서 멋진 음악과 함께 눈에 눈물이 살짝 고인다.
난 또 감정을 숨기기 위해 허벅지를 꼬집는다.

열심히 삶을 살아내고자 하는 나의 환자들에게 나는 오늘도 마음속으로 박수를 보낸다.
그리고 더 열심히 살아야겠다고 생각한다.
난 간호를 하지만 그분들은 내게 깨달음을 주신다.

■ ▨ ▨ **2008. 12. 8. 월요일**

충전의 시간~~ 좋다.
특별히 하는 건 없지만 텔레비전도 보고 음악도 듣고 커피도 마시고
창밖도 바라보고.
이런 소소한 일상이 난 행복하다.

병원에서 일할 때와 가족과 함께 있을 때가 제일 행복할 때인 것 같다.

딩동~~ 코디님이 정수기 점검하러 오셨나 보다.

■ ▨ ▨ **2008. 12. 10. 수요일**

불만쟁이……
소화가 안 된다.
아무래도 스트레스가 쌓이나 보다.
소화제를 두 알이나 먹었다.
그래도 답답하다.
치즈 케이크를 혼자서 절반이나 다 먹었다.
그리고 또 소화제를 먹었다.
내가 왜 이러지?

순리를 거스르는 일은 힘든 일이다.
낮에 일하고 밤에는 자야 한다.

우울하다.
그러나 나를 비롯하여 누군가에게도 필요한 일이기에 견딘다.

밤 근무는 여전히 내게 스트레스인가 보다.
그럼에도 불구하고 밤 근무와 친해져야 한다.
난 간호사니까 말이다. 어떻게 하면 우아하고 냉철한 밤을 보낼 수 있을까?

잘 견뎠다.
아니 기꺼이, 즐거이 하려고 노력했다.
그 후 즐기는 여유는 진정 꿀맛이다.

염미정! 수고했다. 이런 행복감을 잊지 말고 힘들 때마다 떠올리길 바란다.

■ ▨ ▨ 2008. 12. 15. 월요일

뭔가 대단한 것을 하고 싶었지만 역시 난 피곤한가 보다.
실컷 잤더니 견딜 만하다.

그러나 남편이 맘에 걸린다. 미안하다.

다음 주면 성탄이다.

흰 눈이 내리는 성탄을 기대하며~~

■ ▧ ▧ **2008. 12. 16. 화요일**

조급해하는 나.
내가 못하는 걸 다른 사람이 하길 바라는 나약한 나.
그게 나다.

이제 벗어나야겠다.
그런 나를 확인했으니 지금부터는 내가 원하는 대로 해야겠다.
삶의 의미를 조금씩 조금씩 알아가는 것 같다.
난 꽤 괜찮은 사람인 것 같다.

내가 하기 싫어하는 일을 다른 사람이 해주길 바라는 나의 비겁함이
가끔씩 나를 부끄럽게 한다. 그리고 실망스럽다. 내가 하면 되는 것을……

■ ▧ ▧ **2008. 12. 19. 금요일**

내 마음 한쪽에 두려움이 있다.
그리고 한쪽에는 그 두려움을 없애기 위해 안간힘을 쓰고 있는 내가 있다.
그냥 둘 다를 인정하고 껴안음 되는 건데 말이다.

둘 다를 인정하고도 난 어차피 하나만을 선택해야 한다.
그렇지 않으면 너무 힘들 테니까 말이다. 삶은 늘 선택의 연속이다.

■ ▨ ▨ **2008. 12. 21. 일요일**

하기야 내가 화낼 필요가 없다.
그냥 조금 빨리 그날이 온 것뿐이다.

좋은 점을 보기보다는 '이러면 안 될 것 같은데' 하는 걸 더 많이
배우는 것 같다.

자세히 나를 들여다보면 욕심꾸러기다.
그렇기에 다시 초심으로 돌아갈 필요가 있다.

때로는 과감한 결정이 필요할 때도 있다.

■ ▨ ▨ **2008. 12. 22. 월요일**

하고 싶은 일이 생겼다.
지금 내 나이에, 내 상황에 하고 싶다고 다 할 수 있는 처지는 아니지만
말이다.
그래도 나는 내게 물어본다.
'내가 바라는 것이 진정 무엇인지?' 말이다.

현재 가진 것에 감사하지 못하고 마음속 깊은 곳에 자리 잡은
허영심을 감추고 살고 있는 나를 발견한다.

지금에 감사하지 않는다면 모든 걸 잃을 수도 있다.

사랑하는 나의 아들 재학이가 내년에 입학한다.
지금은 그 일에 열중하자.
가까이에서 재학이를 응원해주자.
최선을 다해서 지원해주자.
후회하지 말고 말이다.

나는!! 나는 말이다.
감사함을 더 배워할 것 같다.
또한 2009년에는 한없이 낮아짐으로
더 많은 것을 배울 수 있게 되기를 희망해본다.
더 이상 한 눈 팔지 말고 초심을 잃지 말자.

감사하자.
내 옆에 남편이 있음을……
사랑하는 재학이와 재호가 있음을……
일할 수 있는 직장이 있음을……
함께 할 동료가 있음을……
등등~~~~~~~

대학원에 진학하고픈 마음을 억누르느라 힘들어 보인다.
지금도 난 포기하지 않았다.
이젠 둘째 재호가 내년이면 초등학교에 입학한다.
재호가 잘 적응하면 공부를 다시 시작할 것이다.
그날이 얼마 남지 않았다.
지금은 현재 하고 있는 일과 육아를 병행하면서 그날을 위한 준비를 하고 있다.
대학원에 진학한다고 해도 간호현장을 떠나지는 않을 것이다.
하지만 또 다른 무언가는 내려놔야 할 것이다.

■ ▨ ▨ 2008. 12. 26. 금요일

'위기는 기회' 라는 말이 잘 맞아 떨어지길 기대해본다.

■ ▨ ▨ 2008. 12. 30. 화요일

가족 모두가 감기에 걸렸다.

숨을 쉬기가 어려울 정도로 아프다.

비상의 해:

2009년

Part5

염미정~~

2009년이다.
내 꿈을 이루기 위한 과도기에 있다.
난 잘할 수 있다.
잘할 수 있다.
잘할 수 있다.
즐겁게~~ 즐겁게~~

뭘 잘할 수 있다는 거지?
돌이켜봐도 열심히 일한 한 해였던 것 같은데 구체적인 목표가 없었던 것 같다.
그냥 다짐만 열심히 한 것 같다.
다음부터 새해 일기는 구체적인 목표를 반드시 글로 써야겠다.

괜찮지?

일을 하면서 약간의 설렘과 궁금증이 있다는 건 행복한 일이다.
그래!! 오늘도 홧팅~~~

■ ▤ ▦ 2009. 1. 4. 일요일

덫에 걸린 느낌이다.
이런 일에 흔들릴 내가 아니다.

난 뿌리가 튼튼한 사람이다.
레벨을 높이자.
높이 날아서 좀 더 다른 곳을 보자.

■ ▤ ▦ 2009. 1. 5. 월요일

깔끔하게 최선을 다해서 일했다.
뿌듯함♡

■ ■ ■ **2009. 1. 8. 목요일**

인간의 양면! 정말 싫다.
두 가지 다 내 모습인데 말이다.

오늘 기분 정말 다운된다.
영화 보고 싶다.
매우 웃기고 신나는 영화가 필요하다.

■ ■ ■ **2009. 1. 12. 월요일**

2009년이 왔음에도 불구하고 아직 실감이 나지 않는다.
따뜻한 봄이 와야 새로이 시작되는 기분이 날까?

불안하고 우울하고 이상하다.
뭔가 생동감이 느껴져야 할 때인데
소화도 잘 안 되고 속도 쓰리고 머리도 아프고.
재학이가 초등학교 들어가는 것도 은근히 내게 스트레스인가 보다.
설렘도 있고 뿌듯함도 있지만 현실은 역시 스트레스.

늘 새롭고 설레는 일상만 있는 건 아니다.
그냥 그런 평범한 일상도 묵묵히 즐겁게 받아들여야 한다.
아직 일어나지 않은 일에 대해서 불안해거나 미리 걱정할 필요가 없다.

아이들과 학교도 미리 가보고 이동거리와 시간도 확인해 보았다.
엄마 아빠가 근무 중일 때 방과 후 아이들의 이동경로를 이미 다 파악하지 않았는가!!
이렇게 가족 모두가 재학이의 초등학교 입학을 위한 준비를 했지만
요즘 같이 무서운 세상에 불안과 걱정이 밀려오는 건 어쩔 수 없는 것 같다.

일하는 엄마의 이런 마음을 잘 아는지 재학이는 학교생활을 잘하고 있다.
다행이다. 이젠 한 번의 값진 경험이 있으니 미리 불안해하지 않을 거다.
그냥 재호도 잘할 거라고 굳게 믿어본다.

■ ■ ■ 2009. 1. 16. 금요일

언제까지 갈팡질팡??

너무 정확하고 확실한 것을 추구하지는 말자.
가끔은 갈팡질팡하고 모호한 나의 마음도 잘 어루만져주자.

■ ■ ■ 2009. 1. 18. 일요일

목이 잠긴다.
너무 무리를 한 듯하다.

강의를 하면서 목소리의 소중함을 느낀다.
내가 좋아하는 일에 대한 자동반사적인 책임감이 마구 생김을 느낀다.
목을 보호하기 위해 가끔 말도 줄이고 꼭 필요한 말만 할 때도 있다.
수시로 따뜻한 물도 마시고 하기 싫은 스카프도 하고 말이다.
좋아하는 일이라 힘도 들지 않는다. 신기하다. 이런 힘은 어디서 나오는지…….
남편이 걱정하면서도 나를 신기한 듯 바라본다.
그래도 늘 내 편인 남편이 감사하다.

난 또 한 사람을 보내야만 했다.

언젠가 다시 좋은 모습으로 볼 수 있겠지?
반드시 그래야만 한다.

아직 미래가 창창한 후배이니까 말이다.
그렇게 성실하게 일하는 사람을 만나기가 쉽지 않은데 아쉽다.
쿨하게 보내주자.

그런데 왜 이렇게 허전하지?

어려운 시기를 함께한 가족과 같은 동료가 떠날 때 서운함과 죄책감이 동시에 든다.
그동안 잘해주지 못해서 미안하고, 선배 간호사로서 좀 더 좋은 모습을 보여주지
못했음에 반성하게 된다. 저마다 떠나는 목적과 이유는 다르지만 언젠가 좋은 모습으로
다시 만날 수 있게 되기를 기대해본다.

이상하다.
하루 종일 허리가 부러지도록 맛없는 설음식을 해야 하는데
오늘 따라 어머님께서 내게 별로 일을 시키지 않으셨다.
내 얼굴이 너무 피곤해 보였나?
아님 설 연휴에도 일하는 내가 안쓰러우셨나?
암튼 기분이 이상하다.

갑자기 어머님께 한없이 죄송스럽다.

오전에 잠깐, 아주 잠깐 어머니를 도와드리고 집으로 왔다.

내일 출근해야 하는 부담이 있지만 그래도 행복하다.
남편이 버스 타는 데까지 데려다줬는데, 문득 옛날 생각이 났다.
늘 헤어지기가 싫었기에 결혼했다.

명절 연휴 때 병원 근무는 다른 때보다 조용하긴 하지만 세심하게 신경 써야 할 일이
많다. 방문객 관리도 신경 써야 하고 환자들의 기분도 괜찮은지 잘 확인해야 한다.
어르신들은 명절 전후로 감정변화를 심하게 겪는 것 같다.
기분이 다른 때보다 좋아 보이시는 분이 있는가 하면 금방이라도 눈물이 쏟아질 것만
같은 어르신도 있으니까 말이다.
기분에 따라 환자 상태가 달라질 수 있기에 세심한 관찰이 필요하다.

평소엔 바빠서 환자들과 정서적 교감을 많이 못하지만 명절연휴에는 마음만 먹으면
환자들과 눈 맞춤도 하고 손도 잡아주고 조금은 환자 곁에 오래 머물 수 있음이
좋은 점이기도 하다.

■ ▨ ▨ ▨ **2009. 2. 1. 일요일**

요즘 지나치게 게을러졌다.
남편한테 모든 걸 맡기고 말았다.

내 영역을 조금이라도 침해받게 되면 버럭 화를 내곤 한다.
그리고 난 재학이의 시무룩한 표정에 눈치를 본다.
미안해진다. 이럴 줄 알았다.

누구를 미워하는 감정은 많은 에너지를 필요로 한다는 것을 안다.

아무리 기도하고 다짐해도 잘 안 된다.
그렇다면 공부를 하나 하지 않으나 똑같은 거 아닌가?
배운 사람이라면 배운 대로 실천하는 것이 도리가 아닌가 말이다.

이제 더 이상 그만하자.

오늘까지만!!
이제 그만두자!

결국 다 내 욕심 때문이잖아.
상대방이 변하길 기대하지 마!

나와 같은 가치관을 가진 사람, 같은 생각을 하는 사람과 함께 일할 수 있다는 건
참 행복하고 감사한 일이다. 때때로 나보다 훌륭한 사람을 만나면 부럽기도 하고
질투가 날 때도 있다. 그러나 그런 사사로운 감정에 얽매이기보다 배울 점을 찾고
나의 부족한 부분을 일깨워주는 것에 대해 감사함을 표하는 것이 훨씬 현명하다.
그런 사람이 나의 후배 간호사일지라도 말이다. 그래야 나도 성장할 수 있다.

혹시 그렇지 않은 사람과 함께 일한다고 해서 속상해할 필요도 없다.
그 사람에게 내가 도움이 되면 되니까 말이다.
그런데 아직도 이 부분이 어려운가 보다.
서로에게 도움을 줄 수 있는 관계가 되도록 노력해야겠다.
이것은 모든 직장인들이 기억해야 할 점인 것 같다.

오늘도 난 선을 가장한 악의 구렁텅이에 빠져버렸다.

"이제 그만! stop!" 하고 외쳐야 하는 건데…….

■ ▨ ▨ **2009. 2. 5. 목요일**

그래, 역시 내가 맞았다.
염미정! 넌 꽤 멋진 사람이야.

암튼 난 자신감을 얻었다.
나이가 들어도 괜찮아.

그냥 내가 생각한 대로 열심히 해보는 거야.

서로 다른 것 같아도 결국 같은 곳에서 만나게 되는 것 같다.

■ ▨ ▨ **2009. 2. 8. 일요일**

생각한 것을 실천하지 않는다면 악마와 타협하는 것과 마찬가지다.

오직 내가 주체가 되어 실천해야 한다.
난 잘할 수 있다.
시간과 기간 때문에, ~ 때문에 이런 것들에 얽매이지 말고 자연스럽게 삶의 흐름에 맡기자.
홧팅!!

■ ▨ ▨ **2009. 2. 9. 월요일**

맞다!!
상담이란 이론만 가지고 되는 게 아니다.
상담만큼은 삶의 연륜과 풍부한 경험이 함께 필요한 것 같다.

삶은 비빔밥이다!!
여러 가지가 조화롭게 어우러져 최대의 맛을 내는 비빔밥 말이다.

교만의 시간들.
처음부터 다시 시작해야겠다.
겸손하게 말이다.

■ ▨ ▨ **2009. 2. 14. 토요일**

나를 진정으로 사랑했었던 사람이 있었을까??

■ ▨ ▨ **2009. 2. 16. 월요일**

미궁에 빠지다.

생명은 소중한 것이다.
난 물방개나 풍뎅이 같은 것들을 별로 좋아하지 않는다.
어느 날 재호가 키우는 물방개의 먹이를 보다가
우연히 냄새를 맡게 되었다.
어찌나 역겹던지 그 기억을 잊을 수가 없다.

매번 손으로 꺼내어 주던 먹이를
오늘 아침엔 손으로 먹이를 꺼내기가 부담스러웠다.
그래서 컵에 있던 먹이를 조금만 쏟아 붓는다는 것이
그만 너무 많이 쏟아버렸다.

재호의 눈에서 눈물이 흐르기 시작했다.
화를 내면서 울었다면 바로 사과했을지도 모른다.
얼마나 슬프게 우는지 미안해서 바로 사과도 하지 못했다.

물방개 먹이는 꼭 네 개를 줘야 한다면서 눈물을 계속 흘렸다.
보내고 나니까 어찌나 미안한지 도저히 안 되겠다 싶어서
물방개를 파는 곳에 전화를 했다.
먹이를 좀 더 줬다고 어떻게 되진 않지만 걱정이 되서 전화를 했더니
물을 갈아주는 것이 좋겠다고 했다.

에효~ 더 큰 난관이다.
물방개 물을 어떻게 갈아주냐고……

어쩔 수 없었다.
아들을 위해 물을 갈고야 말았다.
내 손으로 어렵게 물방개를 만지고 말았다.

그리고 어린이집에 전화를 했다.
물방개 물 갈아줘서 먹이 많이 안 먹었으니까
걱정 말고 오늘 하루 편하게 놀다오라고 말이다.

담엔 꼭 손으로 네 개만 꺼내서 먹이를 줘야겠다.

사람은 아니지만 생명을 소중히 여기는 재호를 보면서 간호사인 내가 그런 행동을
한 것이 부끄럽다. 아이를 키우면서 이런 일상의 소박한 깨달음이 감사하다.

■ ■ ■ **2009. 2. 18. 수요일**

난 한때 사랑을 위해 자존심을 버린 적이 있었다.

부끄러운 사랑은 하지 말아야겠다. 때로는 솔직한 것이 평생 족쇄가 될 수도 있다.
드러내기보다는 아프지만 깊이 간직하는 것이 진정한 사랑일 수도 있다.

■ ■ ■ **2009. 2. 24. 화요일**

아프다.
감기가 제대로 걸렸나 보다.
하루 종일 누워 있었다.

되도록 항생제는 먹지 않으려고 물을 많이 마셨다.

할 일이 많아서 맘대로 아프지도 못하고.
다 내려놓을까?
그럴 용기가 없기에 그냥 할 수 있는 최선을 다할 뿐이다.

어른들이 갑자기 존경스럽다.
어떻게든 삶을 살아냈으니까 말이다.
갈수록 태산이란 말을 정말 실감하는 요즘이다.
그래도 내가 할 수 있는 건 최선을 다하는 것뿐이다.

가끔은 달콤한 보상이 내게도 주어졌으면 좋겠다.

집에 와서 조금 자고 그동안 미뤘던 집안 청소를 했다.
개운하다.

■ ▨ ▨ **2009. 2. 26. 목요일**

하루 종일 목을 아끼고 쉬었는데도 목소리가 나오지 않는다.

새삼 목소리에 대해 생각하게 되었다.
난 말을 못하면 안 되는데…….

병원에서 인계도 해야 하고 내가 좋아하는 강의도 해야 하는데.
안 되는데…….
갑자기 무서운 생각이 든다.

눈물이 난다.

병원에서 낼까지 지켜보자고 하는데 너무 걱정된다.
모든 게 엉망이 되어버렸다.

■ ▨ ▨ ▨ 2009. 2. 27. 금요일

정말 이대로 모든 게 끝나는 건가?
목소리가 안 나온다.

어떻게 하지?
소리를 질러보려 해도 목소리가 나오지 않는다.

무섭다.

엄마가 내 목소리를 알아듣지 못하신다.
무슨 소리인지 모르겠다고 크게 말하라고 하신다.

죽고 싶다.
아직 해야 할 일이 많은데…….
도와주세요!

그때의 느낌이 아직도 생생하다. 답답함…… 공포…….
감사하는 마음이 부족해질 때 지금의 목소리가 있음을 기억하면 된다.

아직……이다.
조금만 신경을 쓰면 조금씩 나오던 목소리가 다시 전혀 나오지 않는다.

아무래도 모든 걸 다 내려놓아야 할 때인가 보다.

안 되는데…….
비교적 많은 노력을 통해 얻은 지금이다.
다 내려놓아야 한다니…….

건강을 잃으면 모든 걸 잃는다는 말이 실감나는 오늘이다.
부디 하나님…….
제게 한번만 더 기회를 주세요!!

목소리를 주세요!!
병원에서는 당분간 절대 말해서는 안 된다고 했는데…….

하나님께서는 꼭 필요한 말만 하라고 내게 그런 경험을 주셨던 것 같다.

■ ▪ ▪ 2009. 3. 2. 월요일

가슴 뭉클한 하루다.
착하고 긍정적인 내 아들 재학이가 초등학생이 되었다.

나도 이젠 학부모다.
자상한 엄마가 되어줘야지.
함께 고민하고 함께 생각하고.

일 때문에 아빠는 참석하지 못했지만 엄마가 와준 것만으로도
감사하다는 사랑스런 재학이다.

■ ▪ ▪ 2009. 3. 3. 화요일

교만이 나를 지배하려 할 때 하나님 말씀을 생각하자.
그리고 실천하자.

공부를 하고 나면 자신감이 샘솟는다.
혼자서 마음속으로 맘껏 기뻐한다.

■ ▪ ▪ 2009. 3. 4. 수요일

성대 검사 한번 했다가 혀가 빠지는 줄 알았다.
결과는 정상이었지만 혀 밑에 생긴 심한 상처들과 부은 조직이
나를 또다시 아프게 했다.

상처가 좀 나았다.
좀 살만하다 했더니 또 과로 행진.
일복은 왜 이리 많은지…….

함께 일하는 간호사가 개인사정으로 결근을 했다는 전화를 받고
모른 척할 수 없어 출근을 했다.
한 사람의 빈자리가 얼마나 상황을 힘들게 할지를 알기에…….

빕스 기념일 할인 쿠폰으로 가족들과 식사를 하기로 한 날이었다.
한강 가서 운동도 하고 놀다가 저녁에 실컷 먹기로 한 날이었다.

재학이가 "엄마!!! 내가 꼭 로봇 만들어서 엄마 대신 일하게
할게요."라고 말했다.
내가 지금 뭐 하는 건지…….

부디 함께 일하는 간호사 선생님에게 별일이 없기를 바란다.

■ ▩ ▨ **2009. 3. 10. 화요일**

큰일이다.
또 연기가 하고 싶어서 약 한 시간가량 연습했다.
도대체 아줌마인 내가 왜 이러는 걸까?
하지만 재밌고 행복하다.
다른 사람에게는 부끄러워 말할 수 없는 나만의 비밀스러운 행복이다.

■ ■ ■ ■ **2009. 3. 11. 수요일**

심하게 피곤하다.

오늘도 나름 만족스럽고 감사한 하루였다.

나의 강의에 힘을 얻는 이들에게 감사하고
내가 좋아하는 일을 할 수 있어서 감사하고
뭔가가 너무너무 하고 싶은 설렘이 있어서 감사하고
오래 살고 싶은 마음이 들어서 감사하다.

감사…… 감사…… 감사……

좋아하는 일을 할 수 있다는 건 축복이다.

■ ■ ■ ■ **2009. 3. 13. 금요일**

난 아이들과 의견 충돌이 있을 때 역할극 하는 것을 좋아한다.

재학이는 책을 외울 때까지 반복해서 읽는 것을 좋아한다.
난 그게 너무 짜증난다.

다양한 책을 읽어야지 많은 책 중에 왜 《보물섬》하고
《십오 소년 표류기》만 읽는지 모르겠다. 드디어 화를 내고야 말았다.

"너! 앞으로 밥만 줄 거야. 넌 한 가지 책만 읽으니까 반찬은 먹지 말고 밥만 먹어!"

내가 생각해도 유치한 발언이다.
순간 정신 차리고 머뭇거렸다.

나를 말똥말똥 의아한 듯 쳐다보던 재학이에게 제안했다.
"재학아……. 우리 역할극 해보자. 네가 엄마 해. 난 재학이 할게."
재학인 싱긋 웃으며 대답과 동시에
"근데 엄만 그런 놀이가 좋아요?" 한다.

재학   (나를 바라보며) "책 읽었니? 뭐 읽었니?"
나   "보물섬 읽었어요."
재학   "근데 왜 자꾸 같은 것만 읽니?"
나   갑자기 할 말이 없어서 재학일 쳐다본다.
재학   (나를 바라보며) "엄마…… 왜 말을 안 해?"
         "두 번씩 읽으면 더 재밌어. 이렇게 말해봐, 엄마!"
나   "그런 거야?"
재학   "엄마, 그거 몰랐어? 관심 있는 건 원래 여러 번 읽으면
         더 재밌어요. 읽을 때마다 새로운 생각이 나거든요.
         이제 끝났어요?" 하며 자기 방으로 들어간다.

난 또 내 생각만 했던 거다.
아들보다 못한 엄마다.

모든 것엔 이유가 있다. 가끔 답이 나오지 않을 때는 확인해보는 것이 좋다.
확인하지 않으면 오해가 생기고 마음이 힘들어지기 때문이다.
생각해보면 너무 단순한 건데 자기만의 생각에 빠지면 판단이 흐려지는 것 같다.

■ ▨ ▨ **2009. 3. 20. 금요일**

잦은 감기에 기운이 빠진다.

홍삼을 먹어도 체력이 회복되지 않는다.
쉬는 게 제일이란 걸 알지만…….

오늘 반찬을 사러 잠시 나갔더니 봄 냄새가 살짝 난다.
기운 내야지…….

■ ▨ ▨ **2009. 3. 22. 일요일**

내가 며칠 쉬고 나왔을 때 오랜만에 나왔다고
아는 척해주시는 환자분들…….
그동안 보류하고 있던 하고픈 말들을 내게 해주시는 환자분들…….
힘들지만 이런 분들이 있기에 나의 존재감이 느껴진다.
감사하다.
하루에도 몇 번씩 머리에서 가슴에서 연기가 펄펄 나지만
그래도 보람은 있다.
나 아니면 안 된다는 그런 생각?
혼자만의 착각일지라도 행복하다.
홧팅!!

■ ▨ ▨ **2009. 3. 26. 목요일**

그럼에도 불구하고 꿋꿋하게. 꾸준하게.
현재 내게 있는 것들을 지키며 그렇게 천천히 가자.

그렇게 해도 내가 원하는 것을 할 수 있다는 것을 알게 되었을 때
또 하나의 진리가 되어 내게 오겠지?

가끔씩 찾아오는 외로움도 즐기자.

■ ▨ ▨ **2009. 4. 1. 수요일**

재학이랑 전화통화를 했다.
"엄마 쉬면서 일해요."
가슴이 찡하다. 감동 먹었다.
사려 깊은 내 아들!

요즘 재학이도 많이 힘들어 보인다.
놀고 싶은데 놀지도 못하고 말이다.

사랑한다. 재학아……
아들이라서가 아니라 넌 정말 멋진 녀석이다~~~♡

아직 어린데 너무 어른스러운 재학이에게 나는 미안하다.
엄마 아빠가 일을 하기에 다른 아이들에 비해 오랜 시간 함께하지 못해서
빨리 성숙해진 것 같다. 그래도 어쩔 수 없다.
상황이 다 똑같을 순 없으니까 말이다.

그럼에도 불구하고 건강하게 잘 자랄 수 있도록 강하게 키우리라~ 다짐해본다.
일하고 싶은 마음을 자제하며 집에 있는 것보다는 즐겁게 일하는 엄마 모습이
더 멋지게 보이지 않을까? 하는 생각으로 위안을 삼아본다.

■ ■ ■ **2009. 4. 13. 월요일**

월요일 아침, 재학이가 깨우지도 않았는데 벌떡 일어났다.
오늘은 너무 피곤해서 평소와는 다르게 머리를 정리하지도 않고
아침을 차렸다.

재학이가 나를 한참 쳐다보더니,
"엄마, 머리가 만신창이가 되서 그런지 좀 슬퍼 보여요."라고 말했다.
아웅~ 참 이걸 웃어야 할지 말아야 할지 대략 난감했다.

화장실로 가서 씻고 머리를 정리했다.
피곤하다.
아침에 좀 자려고 누웠는데…….
소독한다고 딩동~
정수기 필터 간다고 딩동~
택배 왔다고 딩동~
일요일에 주문했던 책장이 도착했다.
휴~~

이제 곧 저녁이다.
하루가 가고 있는 지금이다.

■ ▩ ▨ **2009. 4. 14. 화요일**

행복하다.

문제없어.

■ ▩ ▨ **2009. 4. 15. 수요일**

미니홈피 속의 사진을 보다가 바쁘다는 이유로
시댁에 간 지가 아주 오래되었다는 것을 발견했다.
갑자기 시부모님께 죄송한 마음이 든다.
그래서 전화를 했는데 받지 않으신다.
아마도 새로이 짓고 있는 집에 가셨나 보다.

시부모님에 대한 내 마음이 잘 전달되지 않는다.
조금씩 조금씩 우리 엄마, 아빠한테 하듯이 노력해봐야겠다.
그래야겠다.

새내기 며느리도 아니고 아이를 둘씩이나 낳은 경력 있는 며느리임에도 불구하고
나는 아직도 노력 중이다. 간호사가 일할 수 있는 다양한 영역이 있듯이,
대한민국에서 결혼한 아줌마의 영역은 참 다양한 것 같다.
간호사도 그렇고 대한민국 아줌마도 그렇고 에너지는 행복한 가정에서 나온다는 것을
알기에 앞으로도 지속적인 노력이 필요할 것이다.

하루만 혼자 있고 싶다.

뭐가 이리 복잡한 건지.
여자들의 알력다툼.

복잡하다.
그냥 다 가져가라.
난 나만이 할 수 있는 누구도 탐내지 못하는 그런 그릇을 만들어야겠다.
만약 내 밥그릇을 뺏기더라도 상대방이 절대 흉내 낼 수 없는 유일한
내 그릇 말이다.

최고보다는 유일함이 지금의 세상을 사는 법이다.
그냥 내 스타일대로 계속하면 된다.

답답한 마음에 공부를 했더니 맘이 살짝 둥실~
오늘도 나의 이상을 향해 한걸음 다가선다. 홧팅!!

갑자기 한걸음이란 단어가 눈에 들어왔다.
우리 병원 이름은 '한걸음'이다. 참 좋은 이름인 것 같다.
한걸음 앞으로 나아가도, 뒤로 물러나도 상황에 따라 모두 좋은 의미가 된다.
아침마다 지하철을 기다리며 한걸음 뒤로 물러서라는 방송을 들으며 지하철을 탄다.
지하철을 타고 가면서 병원에서의 하루를 생각한다.
뚝섬유원지를 지나며 아름다운 한강을 보며 하루를 계획한다.

다른 사람들의 표정도 관찰한다. 나와 같은 표정과 마음인 걸 보니
모두 행복한가 보다.
난 우리 병원이 그냥 좋다. 그래서 모든 것이 내 것처럼 소중하다.

■ ■ ■ **2009. 5. 14. 목요일**

오늘의 여유와 지금의 느낌이 좋다.
마음속 설렘을 그대로 즐기리라~~~
오늘 하루를 어떻게 보낼 것인가……!!

■ ■ ■ **2009. 5. 17. 일요일**

조금만 더 노력하자.
누구도 탓하지 말고 그냥 내가 하자.

좋을 때도 있고 나쁠 때도 있고
좋다고 너무 좋아하지 말고
나쁘다고 너무 슬퍼하지 말고.
알지만 그렇게 살기가 너무 어렵다.

그냥 내가 하자.
대신 해주고 나서 억울함으로 속상해하지 말자.
조건 없는 솔선수범.
그것만이 내가 행복한 간호사가 될 수 있는 유일한 방법이다.

마흔이 되면 멋지고 여유 있는 내가 될 수 있겠지?
그때를 상상하며…….
후배 간호사들을 이해하고 인내하고 보듬어주자.
그리고 실천해야겠지?

몸이 고단하고 마음이 힘들 때도 있지만 나쁘지 않은 방법이다.
이런 내 마음을 아는 후배 간호사들이 지금 내 곁에 있다.
그래서 난 이런 방법이 효과적임을 잘 알고 있다.
앞으로도 한결같이 함께 노력할 것이다. 간호 업무는 팀워크가 중요하기 때문이다.
당장 눈앞의 불을 끄기보다는 문제를 해결할 방법을 찾기 위해
함께 고민하는 그런 관리자가 되고 싶다.

■ ▨ ▨ **2009. 5. 24. 일요일**

난 정치를 잘 모른다.
텔레비전 드라마를 통해 또는 남편이 가끔 하는 얘기를 통해서
아는 것이 전부다.
솔직히 관심도 없고 말이다.

마음이 아프다.

난 노무현 대통령에 대해서 잘은 모른다.
대통령이라는 무거운 짐을 내려놓고 이제 겨우 마음 놓고
텔레비전 뉴스를 볼 수 있었을 텐데…….
왜 죽음을 택하셨을까?

어떻게 사는 것이 잘사는 것일까?

목욕탕에 갔다가 뉴스를 보며 나도 모르게 눈물이 나왔다.
모르는 사람들과 함께 눈물을 흘렸다.

그동안 수고하셨습니다.

■ ■ ■ ■ **2009. 5. 28. 목요일**

하루 종일 아팠다.
그냥 다 접고 쉬었다.
지금은 또 가뿐하다.

미리 걱정하는 건 정말 많은 에너지를 소비하는 일인 듯하다.

그러나 약간의 긴장과 걱정이 자극이 된다.

5월도 하루만 일하면 끝!!!

6월에는 더 많은 힘을 내야 한다.
나를 기다리는 일이 많다.
지금까지 해왔었던 것처럼 나는 잘할 수 있을 거다.

왜 이렇게 할 일이 많은지…….

오전에 두 가지 정도 해야 할 일을 했다.

시간이 아주 많을 것 같지만 금방금방 지나가는 것 같다.

하고 싶은 게 너무 많은데 말이다.

그래서 시간 관리를 잘해야 할 것 같다.

가끔 영화에서 볼 수 있는 그런 반전이 내게도 생기길 바란다.

초심을 잃지 않고 나를 지지해주고 믿어주는 사람들을 생각하며

오늘도 힘을 내야지!

늘 최선을 다하는 간호사가 될 거다!!!

가끔은 나도 최고의 간호사가 되고 싶다.

서로 배려하고 인내하는 과정에서 좋은 결과를 얻고 싶다.

모두가 잘되었으면 좋겠다. 그래야 한다.

조금씩 성장해 가는 내가 자랑스럽다.

뭔가 나아지고 있는 이 느낌, 좋아지는 이 느낌이 좋다.

예전의 마음속 전쟁이 점점 평화를 찾아가고 있는 것 같다.

뭐 커다란 성과를 낸 건 아니지만 대한민국 아줌마로서 아이도 키우고 일도 하고

있으니 이 정도면 만족한다. 아무도 인정해주지 않아도 말이다.

나는 훌륭한 간호사다. 그렇게 될 거다.

■ ▦ ▦ 2009. 6. 5. 금요일

어려운 고비를 슬기롭게 잘 넘겼다.
이제 다시 초심으로 돌아가 최선을 다하면 된다.

힘내자!!

지난 일기를 읽어보면 살면서 늘 어려운 순간들이 있었지만
감사하게도 모든 문제들이 잘 해결되었다. 앞으로도 지나치게 걱정할 필요는 없다.
하나님께서는 내가 감당할 수 있는 시련만 주신다고 했으니까 말이다.
문제가 생겼을 때 문제에 집중하기보다는 해결책을 적극적으로 찾으려고 하면 된다.
화를 내서는 안 된다. 그럴 때일수록 마음의 평정을 찾으려고 노력해야 한다.
그럼 된다.

■ ▦ ▦ 2009. 6. 11. 목요일

이번 주에 드디어 집단상담에 참석할 수 있다.
교수님이 귀국하셨다니 너무너무 설렌다.
이번에도 밤 근무 후에 참석하는 거라 머리가 맑지는 않겠지만 기대된다.

나를 돌아볼 수 있는 시간을 갖는다는 것은 행복한 일이다.
충분한 수면 후에 맑은 머리로 참석할 수 있으면 좋을 테지만
내가 좋아하는 일을 할 때는 초인적인 힘이 생기니까 괜찮다.

이렇게라도 참석할 수 있음이 감사하다.

이것도 지나가리라~

욕심은 금물!
조용히 때가 왔을 때.
내가 준비되었을 때.
그때를 기다리자.

하나님께서 나를 교회로 부르셨다.
오랜만에 쉬는 일요일이다.
아침부터 부랴부랴 식사 준비하고 초간단 청소를 했다.
그리고 교회로 달려갔다.
근데 예배시간을 착각했는지 이미 끝났다.

한 시간을 더 기다리면 다음 예배를 드릴 수 있기에 집으로 와서
커피 한잔을 하고 교회로 갔다.
목사님께서 일도 사랑도 약간의 거리를 두라는 설교를 하셨다.
예전 같으면 내게 거부감이 느껴지기에 충분한 말씀인데
오늘은 완전 공감하며 설교를 들었다.

암튼 행복한 오전 시간을 마치고 점심을 먹었다.

재학이 공부도 봐주고 그동안 미뤘던 일을 해야 할 것 같다.

내가 아무리 좋아하는 일이라 하더라도 지나치면 집착이 된다.
그리고 더 많은 욕심이 생기게 되는 것 같다.
아직은 하나님 말씀대로 살고 있지는 않지만 오늘 따라 목사님의 말씀이
충분히 이해되는 것을 보니 이런 깨달음을 주시려고 나를 부르셨나 보다.
하늘을 찌르는 나의 욕심을 하나님까지 알아차리셨나 보다.

■ ▨ ▨ ▨ **2009. 6. 22. 월요일**

오늘도 정말 열심히 일했다.

최선을 다했다.

그동안 미루어 왔던 병원 매뉴얼도 만들었다.

비록 틀만 만들었지만 말이다.

집에 오랜만에 일찍 들어왔다.

내일 아침에 먹을 된장찌개를 끓여놓고

남편과 발 마사지를 받으러 갈 예정이다.

집에 들어오면 12시가 조금 넘겠지?

자고 낼 또 열심히 일해야지.

현재 근무 중인 병원의 규모가 크진 않지만 구체적인 지침이 있다면
일하기가 수월하지 않을까 하는 생각에 예전부터 매뉴얼을 만들고 싶었다.
그렇게 하지 못한 합당한 여러 가지 이유가 있었지만 드디어 함께 근무하는 선생님과
매뉴얼의 틀을 만들었다. 이제부터 필요 시 약간의 살을 붙이며 일을 하면 된다.

교대근무를 하는 간호사들은 업무 인수인계가 정말 중요하다.

대부분의 일상을 인계장을 통해서 알 수 있지만 매뉴얼은 전체적인 흐름을 볼 수 있기에 반드시 필요하다. 이런 나의 작은 수고가 업무에 도움이 되기를 바란다.

■ ▨ ▨ ▨ **2009. 6. 28. 일요일**

점점 하나님과 가까워지고 있는 것 같다.
하나님께 죄송한 마음이 생기기 시작했기 때문이다.
하나님의 말씀을 열심히 듣겠다고 지난주에 굳게 다짐해놓고도
쉬는 날임에도 불구하고 이렇게 게으름을 피우고 있다.

오늘 밤 근무를 해야 하고, 화장도 하기 귀찮고, 선글라스를 쓰려 해도
시력이 좋지 않아 불편한 렌즈를 껴야 하고 등등.
아주 사소한 세상적인 욕심이 앞섰기 때문이다.
암튼 난 인터넷 예배를 드렸다.
그런데 지금의 내 마음을 하나님은 꿰뚫었는지 말씀의 내용이 모두
나를 겨냥한 듯하다.

지나치게 내가 주눅들까봐 그런지 모든 말씀이 내가 반성해야 할
부분은 아니었다.
일부는 칭찬받아도 될 부분이 있었다.

하나님의 말씀을 듣고 헤아리고 진심어린 기도를 해야겠다.

암튼 오늘도 가슴 벅찬 말씀으로 하루를 시작했다.
일주일 내내 말씀을 새기며 비록 세상 속에 살지만 성도의 존귀함을
드러내며 살아야겠다.

내 일기에 사용된 성경적인 어휘들이 참 생소하다.
2009년에는 하나님과 내가 좀 더 가까웠었나 보다.
사실 하나님은 내 곁에 늘 계셨다. 내가 모른 척 잊고 살았을 뿐이다.
나를 바른 길로 인도해주시는 하나님임을 알기에 좀 더 열심히 신앙생활을 해보리라
다짐 한다.

■ ▥ ▨ 2009. 7. 10. 금요일

느껴지는 조바심.
계속되는 두려움을 버려야 하는데 잘 안 된다.

그냥 이대로 지금을 맘껏 즐기면 좋으련만……
잘 안 된다.

아프다. 두렵다. 자꾸 조바심이 난다.

■ ▥ ▨ 2009. 7. 18. 토요일

숨 가쁘다. 쉬고 싶다.
결과보다는 과정을 즐기고 싶은데 잘 안 된다.
힘들다. 이제 그만!! 멈추어야 한다.

결과를 향한 길에 지나친 교만이 꿈틀거릴 때에는 의도적인 휴식을 가져야 한다.

푹 쉬었다.
좋다.
정말 단순한 나다.

이제 처음처럼 달리면 된다.

예전엔 왜 그렇게 살지 못했을까?
결혼하고, 아이를 낳고, 내려놓는 연습을 하면서 단순하게 사는 법을 배운 것 같다.
아이를 키워보면 배울 것이 많은 것 같다.
복잡할 때 아이와 대화를 하면서 종종 해답을 찾을 때가 있기 때문이다.
단순하게 산다고 해서 결코 가볍게 산다는 뜻은 아니다.
과정을 즐기고 싶은 마음이 생긴 것뿐이다.

뭔가를 해주기를 간절히 바라는 것.
'이렇게 해주면 좋을 텐데, 저렇게 해주면 더 좋았을 텐데' 하는 거
말이다.

일하면서 그런 기대 같은 거 하지 말아야 하는 건데…….

기다려주는 것이 어렵다.

더 카리스마 있게 했어야 했는데 나도 나이가 들었나 보다.

자꾸 마음이 약해진다.
서로가 원하는 목표를 달성하려면 자신이 해야 하는 본연의 자세를
잊으면 안 된다. 아주 사소한 것일지라도 말이다.

가끔은 팀워크를 발휘하지 않아도 되는 독자적으로 성과를 내는 일을 하고 싶다.

■ ▨ ▨ 2009. 7. 28. 화요일

결심한지 얼마 안 되는데 또 뭔가 기대를 했나 보다.

■ ▨ ▨ 2009. 8. 13. 목요일

이건 아닌데…….

■ ▨ ▨ 2009. 8. 17. 월요일

계속되어야만 하는 이런 말도 안 되는 상황이 싫다.
내 인내가 바닥이 나버렸다.

달래도 보고.
기다려도 보고.
협박(?)도 해보고.

작은 그릇에 뭔가를 많이 담으려고 하니 자꾸 문제가 생긴다.

그릇을 내던지든가 큰 그릇을 선택하든가 하면 된다.

이젠 정말 지친다.

얼마나 더!!!!!!!!!!!!!!!!!! 견뎌야 하는 거지?

악몽 같았던 그 당시의 일을 생각하면 지금도 맘이 좋지 않다.
왜 좀 더 아름답게 대처하지 못했을까 하는 생각이 들지만
나를 질책하기엔 내가 너무 안쓰러웠었다. 그래도 잘 견뎠다.
악몽을 꾸었다. 그 당시의 상황이 확연히 재연되는 그런 꿈을 말이다.
아직도 무섭다. 2009년 하반기는 내게 시험의 기간이었던 것 같다.
간호에 대한 내 열정이 바닥나버렸다.

건강한 사람과 함께 근무할 수 있다는 것은 행복한 일이다.
미래에 내가 관리자가 되었을 때
나는 서로가 건강한 환경에서 일할 수 있도록 노력할 것이다.

■ ▧ ▨ ▩ **2009. 8. 25. 화요일**

구설수에 휘말렸다.
'아니 땐 굴뚝에 연기 날까' 하겠지만 난 아니다.

난 진실하기에 흔들리지 않을 거다.
진실은 통한다고 했다.

기다릴 거다.
시험에 들지 않을 거다.

진실이었기에 흔들리지 않고 나는 당당했다.
이런 나의 경험을 내 후배 간호사 선생님들께 전하고 싶다.
사회생활에서 흔히 있는 뒷말이나 오해에 흔들리지 말라고 말이다.
서운해하지 말고 기다리면 반드시 진실이 밝혀질 거니까 말이다.
그 다음에 생긴 신뢰는 관계를 더욱 돈독하게 해준다.

만약 흔들린다면 자신에게 물어보아야 한다.
'정말 나는 진실한가?'라고 말이다.
부끄럽지만 나도 종종 진실하지 않았던 적이 있었다.
그럴 때 구설수에 오르게 되면 더 많이 화가 나고 아니라고 변명하느라
정신이 없었던 것 같다. 진실은 통한다.
사람들과의 관계로 힘들어하는 간호사가 없었으면 한다.

■ ▨ ▨ **2009. 8. 28. 금요일**

쉬는 것도 참 어렵다.
어떻게 쉬어야 할지 모르겠다.
계속 뭔가를 해야 할 것 같은 이 기분, 뭔가를 빠트린 것 같은 이 기분.

일중독인가?
아침에 일어나서 재학이 학교 보내고, 반찬 몇 가지 만들고 밥하고,
공부하고.
시간이 이렇게 흘렀다.
이것이 내가 바란 쉼이 맞긴 한데 이상하게 피곤하다.

영화가 보고 싶다.
남편한테 보러 가자고 하려니 자존심이 상한다.

매번 내가 먼저 보자고 하는 건 좀 그렇다.
게다가 선호하는 영화 장르가 틀려서 조율하기도 귀찮다.

어디 코드 맞는 사람 없나?
그래도 오늘 한번 또 졸라봐야겠다.
〈해운대〉!! 영화표를 확 예매해버릴까 보다.
선택의 여지가 없도록 말이다.

핸드폰도 버리고 카메라도 버리고 책도 버려보는 과감한 휴식을 한번 해봐야겠다.

■ ■ ■ **2009. 8. 31. 월요일**

제발 말하지 말자.
불평, 불만하지 말자.

■ ■ ■ **2009. 9. 1. 화요일**

배우 장진영이 사망했다.
배우 장진영을 잘 아는 것도, 많이 좋아한 것도 아니다.

그런데 마음이 아프다.

건강의 중요성을 다시 한 번 깨닫는다.
건강을 잃으면 모든 것을 잃을 수 있다.

내가 아는 모든 사람이 자신을 사랑하고 건강해지기를 바란다.

오늘 하루도 보람 있게 보내고 싶다.
설렘과 함께 마음이 급해진다.

재미있는 하루를 상상해본다.
너무나 보고팠던 〈해운대〉를 혼자 봤다.
난 원래 다방커피 체질이지만 멋스럽게 향 좋은 커피도 한잔 마셨다.

기대만큼 나를 만족시키지는 못했지만 호기심은 채워줬다.
영화를 통해 새삼 가족의 중요성을 깨달았다.

영풍문고에서 신간을 살펴보며 책도 한 권 샀다.

만약 영화를 보지 않았더라면 내내 마음속으로 남편을 원망했을지도 모른다.
시간 조율이 어려울 땐 혼자서 영화를 보는 것도 괜찮다.

■ ▥ ▧ **2009. 9. 7. 월요일**

아침부터 부지런히 움직였다.

일단 된장찌개와 계란프라이를 해서 가족들과 함께 아침을 먹었다.
3~4일 정도 먹을 밑반찬도 만들고 빨래도 끝냈다.

아줌마의 일상을 오전에 끝냈으니 이제 나만의 시간을 가질 수 있다.
충분한 충전을 통해서 다음 주도 활기차게 보내야겠다.

■ ■ ■ **2009. 9. 11. 금요일**

그럼에도 불구하고 긍정적으로 생각하고 믿었다.
하지만 신뢰가 깨졌다.

어쩌면 좋지?
이 기회에 모든 것을 접고 쉬면서 마음속으로 벼르고 있던 공부나 할까?
하나님! 어떻게 하면 되는 거죠?

쉬는 날 충분한 충전을 하고도 병원에서 일을 하다 보면 다시 원점일 때가 있다.

■ ■ ■ **2009. 9. 20. 일요일**

너무 지나치면 실망하게 될지도 모른다.
완벽한 사람은 없다.

■ ▨ ▨ **2009. 9. 26. 토요일**

산 너머 산이다.
그냥 그대로 봐주자.

■ ▨ ▨ **2009. 10. 10. 토요일**

나는 당신의 훈장일 뿐 자녀는 아닌 듯하다.
당신의 자녀는 오직 당신의 아들이다.

속상하다. 그러나 이것도 내가 택한 거다.

가끔씩 부모님에 대한 감사보다는 기대고 싶은 마음이 클 때가 있다.
마음을 달래줄 누군가가 필요할 뿐인데 안 될 때가 있다.
그래서 하나님이 필요한 것 같다.

■ ▨ ▨ **2009. 10. 21. 수요일**

가족이 짐이 되서는 안 된다.
가까이 있는 것을 소중히 여기지 않는다면 모든 걸 다 잃을지도 모른다.

나는 가끔 가족을 잊고 더 큰 일에 계속 매진하고 싶을 때가 있다.
앞만 보고 달리다가 상처받을까봐 하나님은 내게 가족을 만들어주셨나 보다.
가장 멋있는 성공은 가족과 함께하는 거다.
오래 걸릴지라도 억울해하지 말아야 한다.
가족은 내게 성공보다도 더 큰 무언가를 주고 있기 때문이다.

■ ▨ ▨ 2009. 10. 24. 토요일

커튼을 바꿨다.
맘에 든다.
남편이 칭찬해줬다.
좋다.

■ ▨ ▨ 2009. 10. 25. 일요일

학문의 즐거움.
자아실현의 욕구가 충족되어 가는 지금이 행복하다.

피곤함에 자동으로 눈이 감긴다.

■ ▨ ▨ 2009. 10. 28. 수요일

병원에서 근무하다 보면 특별히 마음이 가는 환자가 있음을
부인할 수 없다.
물론 내색하지는 않지만 말이다.
그 환자를 볼 때마다 진심으로 간절하게 뭔가를 해드리고 싶다.

어떨 땐 내게 호소하는 모든 불평들이 짜증날 때도 있지만
최선을 다하고 있다.

내가 할 수 있는 것이라곤 손을 잡아드리고, 따뜻한 말과 함께

잠시 곁에 머물러 있어주는 것밖에는 없는 것 같다.

응급실에서 근무할 때에는 이런 감정을 느끼지 못했다.
말 그대로 매번 응급상황에 대처하기 급급했다.
그것이 응급실에서 내가 할 수 있는 최선이니까 말이다.
지금처럼 병동에서 근무하지 않았다면 환자들의 아픔에 대해서
진지하게 생각해볼 기회를 갖지 못했을 거다.

하나님, 제가 오래오래 살게 해주세요!!
아직도 경험하지 않은 많은 간호현장이 나를 기다리고 있습니다.

환자와 보호자들의 어려움을 나눌 수 있는 집단 프로그램이 우리 병원에도 생겼으면
하는 바람이 있다.

■ ▨ ▨ **2009. 10. 29. 목요일**

평가에 지나치게 연연하지 말자.
다만 스스로에게 물어보면 된다.

좋아서 하는 일이라도 슬럼프는 있다.
요즘 강의가 힘들다. 너무 욕심을 냈나 보다.

■ ▨ ▨ **2009. 10. 31. 토요일**

좌절모드.

■ ▦ ▦ 2009. 11. 3. 화요일

오랫동안 고민하던 일을 드디어 마무리 지었다.

■ ▦ ▦ 2009. 11. 4. 수요일

이상하다.
계속 가라앉는다.
올라갈 때는 몰랐다.
이렇게 매스꺼울지 말이다.
멋지게 내려오고 싶은데 잘 안 된다.
이것도 지나가리라.

염미정!! 끝까지 최선을 다하자.

내려올 때의 기분을 알기에 한없이 올라갈 때 더욱 겸손해질 수 있다.

■ ▦ ▦ 2009. 11. 6. 금요일

남편이 출근하는 거 보고, 아이들 학교 보내고 정확히 2시에 일어났다.
전속력을 다해 심장이 멎을 정도의 긴장감을 가지고 반찬을 만들었다.
간식으로 계란까지 삶아놓고 잠시 한숨을 돌리고 있다.

이제 곧 출근이다.
밤 근무를 해야 하는 날이다.

오늘도 신규 간호사 트레이닝을 해야 한다고 생각하니
솔직히 좀 우울하다.
일만 하기도 힘든데 밤에 트레이닝까지 해야 한다고 생각하니
벌써 지친다.
간호사 선생님들이 그만두지 않고 오래오래 함께 근무하기를 기도해본다.

오늘도 나와 같은 곳을 바라보며 함께 일할 간호사 선생님을
탄생시키는 중요한 날이다.
힘을 내야 한다. 아자아자 파이팅!!

트레이닝이 끝나고 잘 적응하시는 간호사 선생님들을 보면 아이를 출산했을 때의 기쁨이
생긴다. 특히 내가 애정을 가지고 최선을 다해 트레이닝한 간호사 선생님이 열심히
일하시는 모습을 보면 기쁨이 두 배다.
이런 게 간호사로서 느낄 수 있는 또 다른 보람이다.

■ ▦ ▦ ▦ **2009. 11. 9. 월요일**

아침부터 심하게 울었더니 머리가 아프다.

커피 마시면서 텔레비전을 보고 있는데, 탤런트 이광기 씨 아들이
신종플루로 사망했다는 소식을 전해 듣게 되었다.
커피에 눈물이 떨어질 정도로 펑펑 눈물이 났다.
나도 아들이 있기에 정말 마음 아팠다.

얼마나 놀랐을까?

아침에 일어나기 싫어서 베이글과 우유로 아침을 대신하려고 하다가
가족들에게 아침을 차려준 것이 다행이란 생각이 든다.
후회하지 말고 함께 있을 때 최선을 다해야겠다.

다른 것보다 온 가족이 모여 함께 식사하는 시간을 갖는 것이
중요하다는 나의 생각이 새삼 기특하게 느껴진다.
잘 먹어야 힘을 낼 수 있으니까 말이다.
식사 시간이야 말로 가족이 함께 모일 수 있는 시간이니까 말이다.

있을 때 잘하라는 노래 가사처럼 함께일 때 더 사랑해야겠다.
일도 그런 것 같다. 혹시 현재 있는 직장이 맘에 들지 않아 고민하고 있다면
내일 이직할지라도 지금은 내가 주인인 것처럼 열심히 일해야 한다고 말해주고 싶다.
강호동 씨가 방송에서 한 말은 프로정신을 느끼게 해준다.
"주인은 불평을 하지 않는다!" 참 멋진 말이다.

■ ■ ■ **2009. 11. 11. 수요일**

흥분하지 말자.
그냥 하던 대로 하면 된다.

■ ■ ■ **2009. 11. 13. 금요일**

하나님!! 부디 제가 화내지 않고 업무에 걸림이 있더라도 보듬어
안을 수 있는 너그러움과 여유를 갖고 일할 수 있도록 도와주세요!

생각하지 말아야지.

미리 생각해서 에너지를 소비하지 말아야지.
그러면서도 내일 일이 살짝 걱정되는 건 뭐지?

■ ▪ ▪ **2009. 11. 15. 일요일**

2010년 다이어리를 샀다.

지난해에 내가 유난히 맘에 들어 하던 다이어리가 생산되지 않았다.
다이어리 회사에 전화를 해서 애정 어린 항의를 했다.
왜 다이어리를 만들지 않았냐고 말이다.
그 당시 내 전화를 받았던 직원은 참 황당했을 거다.
지금 생각하니 너무 웃기다.

그런데 오늘 내가 원하는 다이어리가 좀 더 업그레이드되어 문구
진열대에 있는 것이 아닌가! 너무 기뻐서 날아갈 뻔했다.
아마도 지난번에 전화를 받은 직원이 내 의견을 접수했나 보다.
이미 포장된 다이어리가 다 팔려서 어쩔 수 없이 견본품을 사가지고 왔다.
너무 좋다.

아무래도 2010년에는 좋은 일이 많이 생길 것 같다.
행복하고 싶다. 지금처럼 말이다.

남편이 다이어리를 사들고 좋아하는 나를 보고 살짝 웃어주었다.
아무래도 날 사랑하는 것 같다.

■ ▨ ▨ ▨ 2009. 11. 17. 화요일

이런 것도 간호를 하기 위해 필요하다는 것을 잘 안다.
그런데 정말 너무하지 않은가?
바꿔놓고 생각하면 너무한 것도 아니지.

조금만 여유가 있었더라면 좀 더 잘할 수 있었을 텐데.
오늘도 내가 최선을 다했는가?
확실한 건 오늘은 정말 전력질주를 했다.

함께 일하던 간호사 선생님이 약을 싸다가 갑자기 우는데
나도 갑자기 벽을 보고 눈물이 핑 돌았다.
후배 간호사가 안쓰러우면서도 어찌할 수 없는 답답한 내 마음.
아무튼 지독하게 바쁜 날이었다.

그렇게 함께한 날이 있기에 서로를 의지하며 아직도 환자 간호에 최선을 다하고 있다.
사랑스러운 후배 간호사가 조금은 더 발전된 모습으로 아직도 내 옆에 있다.

■ ▨ ▨ ▨ 2009. 11. 20. 금요일

아침부터 수다를 떨었다.
난 아줌마가 맞는 거 같다.
두근두근 설렌다.
2010년에는 좋은 일이 많이 일어날 것 같다.
이런 설렘이 너무 좋다.

그동안 미루어 왔던 신종플루 예방접종을 했다.

이것 또한 지나가리라.

기다리자.

두려워 말고 처음 생각대로 기다리자.

상대방의 입장이 되어보지 않고는 알 수 없는 거 아닌가?

염미정, 넌 아직 멀었어!

보람된 하루다.
피곤하다. 일찍 자야겠다.
12월 스케줄이 너무 견고해서 걱정이지만 지금까지 걱정을 한두 번
해본 것도 아니고 걱정 경력이 몇 년인데.
난 늘 최선을 다했고, 걱정은 많은 에너지가 필요함을 알기에 그만하련다.

오늘도 교만과 반성을 일삼는 하루를 보냈다.
내일은 겸손과 침묵의 시간을 보내리라 다짐해본다.

재호가 감기에 걸렸다.
심하진 않지만 요즘처럼 신종플루가 유행하는 지금, 일을 하는 나는
또 한 번 가슴이 철렁 내려앉는다.
재호 때문에 근무에 어려움이 있을까봐 말이다.

근무 스케줄을 바꾸어야 하나? 아니면 남편이 하루 휴가를 내야 하나?
재호 걱정과 동시에 많은 것을 고려해야 하는 것이 현실이다.
어린이집에서 요청하지 않아도 두 번 걸음을 막기 위해 의사 소견서를
제출한다. 난 이제 베테랑 워킹 맘이 되었나 보다.
되도록 다른 사람의 도움을 받지 않고 최대한 남편과 내가 스스로
해결하려고 한다.

일단 물을 많이 먹이고 손 씻기만 철저히 해도 어느 정도는 예방이
되는 것 같다.
다행히 열도 없고 금방 괜찮아진 것 같다.
감사한 일이다.

어제 새벽과는 전혀 다른 오늘이다.
사실 어제는 고민하다가 재호를 시댁에 보내려고 했었다.
재호를 혼자 둘 수는 없으니까 말이다.

취학 전 아이들에게는 종종 있는 일이다. 한두 번 겪은 내가 아니다.
재학이도 밤새 토하고 설사했던 때가 있었다.

밤새 왔다갔다 잠을 설쳤지만 출근해서는 피곤한 티를 내지 않았다.
흔히 말하는 아줌마 티를 내고 싶지 않아서 말이다.

재호도 내년이면 초등학생이 된다. 괜찮아질 거다. 다 지나갈 거다.
현재 아이를 키우면서 일을 하고 있는 간호사 선생님이 계시다면
나처럼 아이가 아플 때 많은 고민을 하게 될 것이다.
일을 그만둬야 하나?
내가 일 때문에 아이를 잘 돌보지 못해서 아이가 아픈 건 아닐까?
하는 여러 가지 생각들 말이다. 다 지나간다고 말해주고 싶다.
그냥 그 당시 할 수 있는 최선을 다하면 된다.

육아와 일에 대한 고민이 생긴다면 너무 오래 고민하지 말기를 바란다.
육아를 선택하든 일을 선택하든 후회 없이 잘해내라고 말해주고 싶다.
너무 오랜 고민은 어떤 것도 잘해낼 수 없게 만들기 때문이다.

■ ▨ ▨ **2009. 12. 1. 화요일**

다양한 사람들이 있다.
일을 하는 사람, 일을 하지 않는 사람, 최소한의 일만 하는 사람,
피해를 주는 사람, 지켜만 보는 사람, 부족한 걸 알면서도 노력하지
않는 사람, 시간만 죽이는 사람 등등.
많은 사람들이 직장 내에 존재한다.
그럼에도 불구하고 함께 일을 해야 한다.
나는 어떤 사람일까?

지금 당장 보상이 주어지지 않는다 하더라도
결국 내가 한 만큼 내게 돌아오리라 믿는다.
상대방에 대해서 함부로 말해서는 안 된다.
가치관과 가지고 있는 경험이 다르니까 말이다.
알면서도 같은 곳을 바라보는 사람과 함께 일하고 싶다는 욕심이 생긴다.

우울을 극복하려면?
1) 그냥 하던 대로 한다.
2) 나를 달래준다.

쉬는 날이다.
나는 공부를 선택했다.
역시 남는 것이 있다.
행복해진다.

재호가 몸이 안 좋은 것 같아서 어린이집에 가지 말고 함께 있자고
했더니 이번 주는 본인이 어린이집 도우미라 안 가면 안 된다고 한다.
녀석. 누굴 닮아서 그리 책임감이 강한 건지.
기특한 내 아들!
얼른 가서 데리고 와야겠다.
오늘의 요리는 백숙이다.

■ ▨ ▨ 2009. 12. 3. 목요일

작심 12시간?
병원 문을 들어서는 순간, 바로 마음속 전쟁이 시작되었다.
오늘은 하고 싶은 말을 했다.
그리고 바로 후회했다.
조금만 더 참을 것을, 좀 더 부드럽게 말할 것을.

진심으로 바라는 것이 있다면 감정을 실어서는 안 된다.
충분히 준비하여 서로 상처가 되지 않도록 대안을 말해야 한다.

■ ▨ ▨ 2009. 12. 4. 금요일

난 나쁜 엄마다.
쉬는 날 오랜만에 시간을 내어 재학이 학교에 갔다.
다른 엄마들처럼 끝날 때까지 기다렸다가 가방도 들어주고,
꼭 껴안아주고 싶었다.
그런데 아무리 기다려도 재학이가 나오지 않았다.

아는 분과 통화를 하고 나서야 갑자기 생각이 났다.
재학이가 방과 후 원어민 영어수업을 듣고 있다는 것을 말이다.
한 시간가량 밖에서 떨다가 집에 들어왔다.
오는 길에 내가 좋아하는 떡볶이를 사먹고 집에서 커피 한잔을 마셨다.
내가 좋아하는 노래도 한 곡 불렀다.
재학이한테 미안하다.
엄마가 아들 스케줄도 잊어버리고 말이다.

살짝 감기 기운이 돈다.
추운데 오래 서 있어서 그런가 보다.

■ ■ ■ **2009. 12. 6. 일요일**

좋다.
아들과 함께 있어서 좋고
쉬어서 좋고
공부할 수 있어서 좋고
다 좋다.

너무나 단순한 나다.
내일 병원 가면 또 잘해봐야겠다.

■ ■ ■ **2009. 12. 7. 월요일**

난 또 영화〈미저리〉의 주인공이 되었다.
화가 머리끝까지 났다.
코가 헐었다.

병원에서 또 무슨 일이 있었을까? 웃음이 나온다.
사람의 마음이 하루하루 이렇게 다르다. 일기를 보면 알 수 있다.
어른이기에 감정을 잘 다스려야 한다. 그래야 아름답다.
난 정말 몸을 아끼지 않고 일했다. 내가 일하는 병원이기 때문에 더 잘하고 싶었다.

■ ▨ ▨ **2009. 12. 8. 화요일**

그래도 오늘은 견딜만했다.
코가 헐어서 아프다.
이런 나를 보고 함께 일하는 간호사 선생님들은 아무 말 없이
열심히 일을 하신다.
나 또한 아무런 말도 하지 않았다.

모두가 힘들지만 함께 있다는 것만으로도 위로가 된다.
힘들어도 내색하지 않고 웃으면서 일해야 하는 건데,
난 그 정도의 그릇은 안 되나 보다.

격려 문자와 함께 내가 있어서 힘이 된다고 말해주시는
선생님들이 계시어 감사하다.
그리고 미안하다.
바다를 보고 와야겠다.
바다처럼 넓은 마음을 배워 와야겠다.

힘들 때 위로가 되어주는 동료가 있다는 것은 행복한 일이다.
가장 큰 선물은 함께 있어주는 거다. 존재 그 자체가 선물이다.

■ ▨ ▨ ▨ 2009. 12. 11. 금요일

피곤하다.

그래도 뿌듯하다.

미흡한 내 강의를 듣고 학생들이 고맙다고 인사를 한다.

다시 시작할 수 있을 것 같다는 내용의 감사 편지를 받았다.

감사하다. 멈추지 않는다면 하나님께서는 내게 기회를 주실 거다.

■ ▨ ▨ ▨ 2009. 12. 15. 화요일

큰일이다.

이 혼란스러운 시점에서 사랑에 빠진 것 같다.

숨이 막히고 가슴이 뛰는 이 느낌!

이건 분명 사랑이다.

난 아무래도 비담을 사랑하는 것 같다.

재호는 오늘도 내가 비담과 결혼할까봐 한 걱정이다. 하하~

암튼 이 두근거림이 좋다.

비담…… 비담…… 비담……

오늘따라 남편이 좀 더 뚱뚱해 보인다.

매우 추웠다.
비교적 평안한 하루였다.
퇴근길에 내가 너무나 좋아하는 떡볶이와 어묵을 샀다.

남편에게 같이 먹자고 했더니 옷을 입고 운동을 하러 나갔다.
결심했나 보다.
살을 확실히 빼려나 보다.
혹 비담을 향한 내 사랑을 질투하는 걸까?
이렇게 맛있는 간식을 거부하다니 후회할 거다.
지금은 내가 후회하고 있다.
너무 많이 먹었나 보다.
왜 먹었을까?

병원에서 인계 후 퇴근을 하면 긴장이 풀려서인지 너무 배가 고프다.
간호사가 다이어트 하는 것은 어려운 일인 것 같다.

재호를 데리러 갔다.
어린이집 입구에 아이들이 만든 크리스마스카드가 걸려 있었다.

아이들이 쓴 카드를 읽어보았다.
'우리 엄마 아빠 건강하게 해주세요.'
'신종플루 걸리지 않게 해주세요.' 기타 등등.

그러다가 재호가 쓴 카드 내용을 읽고 한참 웃었다.
'산타 할아버지! 여러 집 다니기 힘드시지요?
우리 집에만 오세요~~~♡'

너무 귀여운 재호다.

크리스마스다.
뭔가 즐거운 일이 가득할 것 같았는데 동해 가자고 보채던 남편의 말을
듣지 않고 피곤해서 잠이 들었다.
자고 났더니 피곤이 좀 풀렸다.

병원 일이 힘들었나 보다.
미리 간호사 선생님들과 준비를 해서인지 바쁜 연휴 전날이 다행히도
잘 지나간 것 같다. 행복하다.

실천의 해:

2010년

Part6

(주)에세이퍼블리싱과 출판 계약을 하고 계약금을 입금했다.

이제 정말 책이 나오는 건가?

삶 속에서 갖가지 역할을 다 해보지만 작가도 만만치 않은 것 같다.

역시 세상엔 쉬운 게 하나도 없는 것 같다.

글 쓰는 사람들이 왜 씻지 못하는지도 조금은 알 것 같다.

시간이 정말 빨리 지나가는 것 같다.

긴장되면서도 행복하다.

어제 낮부터 지금까지 계속 고민했다.
밤을 하얗게 샜다.
책 제목을 무엇으로 할까?
일단 생각나는 대로 모두 적어보았다.

1) 간호사는 천사가 아니다.
2) 간호사에게 천사를 내려주세요
3) 천천히 간호사가 되어가고 있다.
4) 간호사 초심으로 돌아가다.
5) 워킹 맘 안에 간호사 있다.
6) 염미정 간호사 이야기
7) 간호사를 사랑하게 된 워킹 맘
등등.

워킹 맘이 되어서야 진심으로 간호사라는 직업을 사랑하게 되었기에
난 《간호사를 사랑하게 된 워킹 맘》을 선택했다. 새벽에도 내 문자를
받아준 막내이모에게 고맙다. 오늘 따라 비가 많이 내린다.

잠을 못 잤지만 조금도 피곤하지 않다.

세상에서 가장 맛있는 밥은 어떤 밥일까?
내가 좋아하는 맛있는 반찬이 있으면 최고였던 때가 있었다.
그러나 지금은 나를 위해 누군가가 차려준 밥상이
제일 맛있는 밥인 것 같다.

추석연휴 첫날이다.
남편과 아이들은 시댁에 미리 내려갔다.
나는 출근을 해야 하기에 다른 날처럼 똑같은 시간에 일어났다.
아침에 먹을 밥상부터 차렸다.
수저까지 가지런히 놓은 후 세수를 하고 화장을 했다.
그리고 식탁에 앉았다.
마치 나를 위해 누군가가 차려준 것처럼 맛있게 아침을 먹었다.
이런 방법으로 아침식사를 하게 되면 내가 좀더 소중해 진다.

지하철이 한산한 느낌이 든다.
명절을 가족과 함께 보내려고 모두 떠났나 보다.
난 오늘 환자들과 함께 보내야 한다.
외롭지 않도록 섬세하고 따뜻한 간호를 제공 해야겠다.

아들이 면회 오기를 기다리시는 환자분의 모습을 보며
부모님 생각이 났다.
기다리시던 아드님이 도착하자 얼굴이 보름달만큼 환해진다.
저녁이 되면 나도 가족들과 함께 명절연휴를 보낼 수 있기에 웃는다.

행복의 해:
2017년

Part 7

관리자도 쉬운 것만은 아닌 것 같다.
훌륭한 관리자가 되겠다고 큰소리 쳤었는데…….
뭐가 이렇게 할 게 많은 거지?
그래도 괜찮다.
이제까지 해왔던 것처럼 난 잘할 수 있다.

아들이 내게 크리스마스카드를 무뚝뚝하게 말없이 내밀었다.
사춘기라 조심스러운 요즘이다.
카드를 보니까 힘이 불끈 솟는다.
남편도 내 옆에서 웃고 있다.
가족과 함께 저녁식사를 할 수 있어서 좋다.
행복한 크리스마스다.

내일은 한 해 동안 수고한 우리 간호사 선생님들과 1박 2일로 여행을
떠나기로 했다.
기대된다.
내년에는 간호사 선생님들이 힘을 내어 일할 수 있도록 좋은
프로그램들을 계획해봐야겠다.

The end~~~♡

나이팅게일 선서(The Florence Nightingale Pledge)

I solemnly pledge myself before God and presence of this assembly.
To pass my life in purity and to practice my profession faithfully.

나는 일생을 의롭게 살며, 전문 간호 직에 최선을 다할 것을 하느님과 여러분 앞에 선서합니다.

I will abstain from whatever is deleterious and mischievous, and will not take or knowingly administer any harmful drug.

나는 인간의 생명에 해로운 일은 어떤 상황에서도 하지 않겠습니다.

I will do all in my power to maintain and elevate the standard of my profession, and will hold in confidence all personal matters committed to my keeping, and family affairs coming to my knowledge in the practice of my calling.

나는 간호의 수준을 높이기 위하여 전력을 다하겠으며, 간호하면서 알게 된 개인이나 가족의 사정은 비밀로 하겠습니다.

With loyalty will I endeavor to aid the physician in his work, and devote myself to the welfare of those committed to my care.

나는 성심으로 보건의료인과 협조하겠으며, 나의 간호를 받는 사람들의 안녕을 위하여 헌신하겠습니다.

한국간호사 윤리선언

제 정 2006. 2. 23

우리 간호사는 인간의 존엄성과 인권을 옹호함으로써 국가와 인류사회에 공헌하는 숭고한 사명을 부여받았다.

이에 우리는 간호를 통한 국민의 건강 증진 및 안녕 추구를 삶의 본분으로 삼고 이를 실천할 것을 다음과 같이 다짐한다.

우리는 어떤 상황에서도 간호전문직으로서의 명예와 품위를 유지하며, 최선의 간호로 국민건강 옹호자의 역할을 성실히 수행한다.

우리는 인간 존엄성에 영향을 줄 수 있는 생명과학기술을 포함한 첨단 과학시술의 적용에 대해 윤리적 판단을 견지하며, 부당하고 비윤리적인 의료행위에는 일체 참여하지 않는다.

우리는 간호의 질 향상을 위해 노력하고, 모든 보건의료종사자의 고유한 역할을 존중하며 국민 건강을 위해 상호 협력한다.

우리는 이 다짐을 성심으로 지켜 간호전문직으로서의 사회적 소명을 완수하기 위해 최선을 다할 것을 엄숙히 선언한다.

한국간호사 윤리강령

제 정 1972. 5. 12
개 정 1983. 7. 21
        1995. 5. 25
        2006. 2. 23

간호의 근본이념은 인간의 존엄성과 생명의 기본권을 존중하는 것이다. 간호사의 임무는 출생으로부터 죽음에 이르는 인간의 삶에서 건강을 증진하고, 질병을 예방하며, 건강을 회복시키고, 고통을 경감하는 것이다.

간호사는 개인, 가족, 지역사회를 대상으로 전인적 간호중재와 상담, 교육 등을 수행함으로써 대상자의 지식을 증진하여 스스로 건강을 증진하기 위한 최선의 선택을 할 수 있도록 돕는다.

이에 대한간호협회는 우리 사회의 건강과 안녕에 이바지하고 전문인으로서 도덕적 의무를 수행하기 위하여 이 윤리강령을 제정한다.

I. 간호사와 대상자

1. 평등한 간호 제공
간호사는 대상자의 국적, 인종, 종교, 사상, 연령, 성별, 사회적 질병과 장애의 종류를 불문하고 차별 없는 간호를 제공한다.

2. 개별적 요구 존중
간호사는 대상자 개개인의 요구를 존중하며, 각 상황에 맞는 간호를 제공한다.

3. 비밀 유지
간호사는 대상자의 사생활을 존중하고, 간호에 필요한 정보 공유만을 원칙으로 하며, 대상자 개인의 비밀을 공개하지 않는다.

4. 알 권리 및 자율성 존중
간호사는 대상자가 정확한 정보 제공과 설명에 의해 의사결정을 하도록 돕고 대상자가 간호행위를 선택하거나 거부할 권리가 있음을 존중한다.

5. 대상자 참여 존중
간호사는 대상자를 간호의 동반자로 인정하고 간호의 전 과정에 그들을 참여시킨다.

6. 취약 계층 보호
간호사는 노인, 여성, 아동, 장애인 등 취약 계층 대상자를 옹호하고 돌본다.

7. 건강 환경 구현
간호사는 대상자를 환경오염, 빈곤, 재해로부터 보호하고, 건강한 환경을 유지함을 사회적 책무로 수용한다.

II. 전문가로서의 간호사 의무

8. 책무
간호사는 모든 업무를 대한간호협회 업무 표준에 따라 수행하고 간호활동에 대한 판단과 행위에 책임을 진다.

9. 교육과 연구
간호사는 간호의 질을 향상시키기 위해 교육과 연구 활동에 적극적, 능동적으로 참여한다.

10. 전문적 활동

간호사는 전문가로서의 활동을 통해 간호정책과 제도의 발전 및 확립에 참여한다.

11. 윤리적 간호 제공

간호사는 윤리적으로 온당하지 못한 의료 및 간호 행위에 참여하지 않는다.

12. 건강 및 품위 유지

간호사는 자신의 건강을 보호하고 품위를 유지하기 위해 노력한다.

III. 간호사와 협력자

13. 협력

간호사는 대상자의 간호와 관련된 사람들의 고유한 역할을 존중하며 협력한다.

14. 대상자 보호

간호사는 협력자에 의해 대상자의 건강과 안전에 위협이 예상될 때 적절한 조치를 취한다.

15. 생명 과학 기술과 존엄성 보호

간호사는 협력자가 생명과학기술과 관련된 부적절한 시술을 시행하고자 할 때에 대상자의 안전과 존엄성 보호를 최우선으로 한다.

한국간호사 윤리지침

제 정 2007. 2. 23

제1장 총   칙

제1조(목적) 이 '한국간호사 윤리지침' (이하 '지침' 이라 한다.)의 목적은 대한간호협회가 제정한 '한국간호사 윤리선언' 과 '한국간호사 윤리강령' 의 기본정신을 실천하기 위한 구체적 행동지침을 마련함으로써 국민의 건강 및 안녕을 증진하고 인권 신장에 기여하는 데 있다.

제2조(제반 법령 준수) 이 지침은 국제적으로 공인된 간호윤리에 관한 선언, 강령, 지침과 대한민국의 관련 제 법령, 대한민국 정부가 조인하거나 승인한 관련 조약과 국제협약 등을 준수한다.

제2장 일반적 윤리

제3조(간호사의 사명) 간호사는 인간의 존엄성과 인권을 존중하고 옹호하며, 대상자의 건강과 안녕을 증진하는 사명을 갖는다.

제4조(인권 존중)

① 간호사는 어떠한 이유에서도 인간을 수단으로 이용해서는 아니 되며, 목적 자체로 대우하여야 한다.

② 간호사는 인간의 도덕적, 법적 권리에 대해 알고 있어야 하며, 그들의 권리를 존중하고 옹호하여야 한다. 특히 다음 각 호의 인권을 존중하여야 한다.

1. 인간은 인간답게 태어날 권리를 가진다.

2. 인간은 인간다운, 품위 있는 죽음을 맞이할 권리를 가진다.

3. 인간은 자신의 신체에 대해 양도 당하지 않는 권리를 가진다.

4. 인간은 건강한 생활을 누릴 권리를 가진다.

제5조(도덕적 간호 제공)

① 간호사는 선의를 가지고 성실하게 대상자를 간호하여야 한다.

② 간호사는 어떤 상황에서도 대상자에게 최선의 간호를 제공하기 위해 노력하여야 한다.

③ 간호사는 간호하고 있는 상황에서는, 어떤 경우에도 환자를 떠나거나 방치하여서는 아니 된다.

④ 간호사는 대상자를 간호할 때 소홀함, 부주의, 고의, 악의, 잘못된 정보제공 등으로, 대상자에게 해를 끼쳐서는 아니 된다.

제6조(품위유지)

① 간호사는 민주사회의 시민으로서 갖추어야 할 품위와 명예를 지키고, 법과 사회상규가 요구하는 사항을 준수하여야 한다.

② 간호사는 음주, 마약 및 향정신성 의약품을 복용한 상태에서 간호에 임해서는 아니 된다.

③ 간호사는 자신의 신체적 건강은 물론 정신적, 사회 심리적, 영적 건강을 위해 건전한 생활을 유지하여야 한다.

④ 간호사는 전문직에 부합하는 단정한 용모와 복장, 언행 등을 갖추어 간호사의 이미지를 향상시켜야 한다.

⑤ 간호사는 교차 감염이나 의인성 질병이 발생하지 않도록 자기의 위생 관리를 철저히 하여야 한다.

⑥ 간호사는 자신의 직위를 이용하여 특혜나 정당하지 않은 이익을 취하여서는 아니 된다.

⑦ 간호사는 대상자를 간호할 때 성적 접촉으로 오인되거나 유도될 수 있는 행동을 피하여야 한다.

⑧ 간호사는 간호직의 품위를 손상시키는 동료의 행위를 개선하기 위하여 노력하여야 한다.

제3장 대상자에 대한 윤리

제7조(차별 금지)

① 간호사는 대상자의 국적, 인종, 연령, 성별, 사회 경제적 지위에 따른 차별 없이 대상자에게 동등한 간호를 제공하여야 한다.

② 간호사는 대상자의 종교와 신념, 사상의 자유를 존중하여야 하며, 자신의 종교적 관점과 신앙 행위를 강요하여서는 아니 된다.

③ 간호사는 대상자의 관습과 문화의 다양성을 이해하고 존중하여야 한다.

④ 간호사는 대상자의 질병의 종류와 무관하게 동등한 간호를 제공하여야 한다.

제8조(취약계층 옹호)

① 간호사는 노인, 여성, 아동, 장애인, 수용자, 불법 체류자, 정신질환자, 극빈자 등 자신의 권익을 위한 주장과 의사결정이 어려운 취약계층의 인권을 옹호하여야 한다.

② 간호사는 취약계층 대상자들이 의료 자원의 분배나 진료 및 간호의 우선순위 결정 등에서 불이익을 받지 않도록 권익을 대변하여야 한다.

③ 간호사는 취약계층 대상자가 신체적, 정신적, 성적 학대를 받지 않고 인권이 침해되지 않도록 감시하고 보호하여야 한다.

④ 간호사는 취약계층 대상자의 약점을 악용하여 의학 연구가 이루어질 때, 대상자 보호를 위해 적극적으로 활동하여야 한다. 임상시험심의위원회(IRB : Institutional Review Board) 등 관련 기구의 승인을 받은 경우는 심의규정을 준수하는지 감시한다.

제9조(개별적 요구 존중) 간호사는 대상자의 신체적, 사회 심리적, 영적 요구 등 개별적 요구에 따라 차별화된 간호를 제공하여야 한다.

제10조(사생활 존중)

① 간호사는 대상자의 사적인 환경을 조성하고 이를 유지하도록 도와야 한다.

② 간호사는 대상자의 사적인 대화, 간호 처치 및 개인위생 시 사생활이 보호되도록 노력하여야 한다.

③ 간호사는 직원과 간호학생 등이 대상자의 사생활을 존중하도록 교육하고 지도하여야 한다.

제11조(비밀 유지)

① 간호사는 직무상 알게 된 대상자의 사생활에 관한 비밀을 공개하여서는 아니 된다. 이때의 비밀은 간호사가 대상자나 가족, 보건의료인으로부터 전달받은 사항뿐 아니라 간호사가 관찰한 것, 들은 것, 이해한 것 등을 포함한다.

② 간호사는 인수인계와 보고 시 대상자의 정보가 관계자 외에 타인에게 노출되지 않도록 주의하여야 한다.

③ 간호사는 학술 집담회 등에서 사례발표 시 대상자의 신분이 노출될 수 있는 정보를 공개하여서는 아니 된다.

④ 간호사는 대상자가 타인에게 해를 가할 우려가 있다고 판단 될 때는 법령이 허용하는 범위 안에서 관계자에게 필요한 정보를 제공할 수 있다.

⑤ 간호사는 대상자의 서명이나 동의 없이 간호나 치료 상황을 녹음, 촬영하여 공개하는 행위를 하지 말아야 하고, 또한 그러한 상황을 묵인하여서도 아니 된다.

⑥ 간호사는 직원과 간호학생 등이 대상자의 비밀을 보장하도록 교육하고 지도하여야 한다.

제12조(의무기록 관리책임)

① 간호사는 의무기록, 전자의무기록 및 건강기록부 등 대상자에 대한 기록을 누구나 볼 수 있도록 방치하거나 소홀하게 관리해서는 아니 된다.

② 간호사는 간호수행 직후 사실에 근거하여 진실하고 성실하게 기록하여야 하며 허위 기록 및 수정을 요구받을 경우 이를 거부하여야 한다.

③ 간호사는 모든 형태의 의무기록 규정을 준수하여야 한다.

제13조(자기결정권 존중) 간호사는 대상자가 제반 간호에 대하여 선택하거나 거부할 권리를 존중하여야 한다. 단, 그 결정이 대상자에게 위해를 초래하는 경우는 예외로 한다.

제14조(알권리 존중)

① 간호사는 대상자가 자신의 건강상태나 자신에게 수행되는 간호에 대해 정확한 정보를 가질 권리가 있음을 인정하고 이를 존중하여야 한다.

② 간호사는 대상자가 자신에게 수행되는 진료 및 간호에 대해 충분한 정보를 가지고 의사결정에 참여할 권리가 있음을 인정하고 이를 존중하여야 한다.

③ 간호사는 대상자가 간호전문직의 권한과 책임 이외의 정보를 요구할 때 관계자의 도움을 받을 수 있도록 주선한다.

④ 간호사는 대상자에게 간호를 제공할 때, 간호의 목적, 방법, 기대되는 결과와 그에 따르는 위험성 등에 관해 대상자의 요구와 관심, 교육정도, 연령, 심신상태, 이해능력 등을 고려하여 설명하여야 한다.

⑤ 간호사는 대상자의 의사결정 능력이 부족한 경우, 의사결정을 할 수 없는 경우, 미성년자의 경우, 기타 이에 상응하는 경우에는 법정 대리인의 동의를 구하여야 한다.

제15조(가족참여 존중) 간호사는 대상자의 가족을 간호의 동반자로 인정하고 그들의 참여를 존중하여야 한다.

제16조(건강환경 구현)

① 간호사는 대상자의 생명과 안전을 보전하는 건강 환경이 위협받을 소지가 있을 때 이를 묵인하여서는 아니 되며, 건강 환경 구현을 위해 노력하여야 한다.

② 간호사는 재해위협으로부터 대상자를 보호하고, 재난 발생 시 개인적, 또는 집단적으로 구호활동을 수행하여야 한다.

제17조(생명과학기술과 간호)

① 간호사는 과학기술의 발전에 따른 올바른 가치관을 정립하고 인간중심의 간호에 관심을 두어야 한다.

② 간호사는 새로운 생명과학기술을 적용받는 대상자를 돌볼 때 해당 과학기술의 목적, 이득, 한계점을 인식할 수 있어야 한다.

③ 간호사는 다양한 과학기술에 관한 의료기관의 방침과 계획에 대해 알고 있어야 한다.

④ 간호사는 기증자에 의한 인공수정, 시험관 아기, 대리모 등 보조생식술 사용에 대해 도덕적인 정당성을 확인할 수 있어야 한다.

⑤ 간호사는 대상자의 유전정보 노출에 따른 제반 문제점을 인식하고 유전정보 유출을 방지하여야 한다.

⑥ 간호사는 생명복제기술의 부작용과 이에 따른 인간의 존엄성 침해에 대해 인식하여야 한다.

⑦ 간호사는 장기 등을 매매하거나 이를 교사 또는 방조하여서는 아니 되며, 이를 알게 된 경우 관련 부서나 기관에 신고하여야 한다.

제18조(연명치료와 간호)

① 간호사는 연명치료와 간호를 받는 대상자의 생명에 관련된 문제 등을 간호사 자신의 가치 기준에 의해 판단하여서는 아니 된다.

② 간호사는 심폐소생술금지 처방이 된 대상자라도 기본적인 간호는 제공하여야 한다.

제19조(말기 및 임종간호)

① 간호사는 임종을 맞이한 대상자에게 안위를 제공하고 동반자 역할을 수행함으로써 대상자의 존엄성을 유지하도록 한다.

② 간호사는 임종에 처한 대상자에게도 영양공급 등 생명유지에 필요한 통상적인 간호는 제공하여야 한다.

③ 간호사는 생명유지 치료가 더 이상 이득이 없음을 인지한 대상자나 가족, 대리인이

호스피스 · 완화 간호를 요구할 때 이를 제공하여야 한다.

제4장 전문직으로서의 윤리

제20조(간호표준 수행) 간호사는 간호지식과 기술을 바탕으로 전문직 단체에서 개발한 간호실무표준에 따라 대상자에게 간호를 제공하여야 한다.

제21조(개인적 책임) 간호사는 자신의 전문적인 판단과 의사결정에 의해 수행한 간호에 대해 정당성을 설명하고 책임질 수 있어야 한다.

제22조(간호업무의 위임)

① 간호사는 대상자의 간호행위를 위임할 경우에 위임받는 자의 자격과 업무능력의 범위를 고려하여 위임하여야 하며, 위임하는 간호행위의 범위와 책임 소재 등을 명확히 정하여야 한다.

② 간호사는 무자격자에 의한 간호행위를 묵인 또는 방조하여서는 아니 된다.

③ 간호사는 교육에 필요한 제한된 범위 내에서 간호사의 지도, 감독 하에 간호학생에게 간호업무를 수행하게 할 수 있으며, 그 결과에 대한 책임을 받아들여야 한다.

제23조(옹호자 역할 수행) 간호사는 보건의료인, 가족 등의 의사결정이 도덕적으로 정당하지 못하거나 대상자에게 불이익을 초래한다고 판단될 경우 대상자의 편에 서서 권익을 옹호하여야 한다.

제24조(비윤리적 행위 거부) 간호사는 안락사, 치료 및 간호 중단, 뇌사와 장기이식, 말기환자의 치료 및 간호, 인공임신중절 등과 관련하여 의사결정이 도덕적으로 정당하지 못하다고 판단되면 참여를 거부하여야 한다.

제25조(비윤리적 행위 보고)

① 간호사는 보건의료인으로부터 불법행위 또는 비윤리적 행위에 대한 협조 요청이 있을 경우 이를 해당 부서에 보고하여야 한다.

② 간호사는 보건의료인의 부적절한 행위로 인하여 대상자의 안녕이 위협받거나 위협

받을 우려가 있는 경우, 정해진 절차에 따라 관련 부서나 기관에 보고하여야 한다.

제26조(비공인 간호행위 금지) 간호사는 근거중심의 간호를 수행하여야 하며, 간호학계에서 공인하지 않은 새로운 간호요법과 기술을 환자에게 적용하여서는 아니 된다.

제27조(간호사의 자기계발)

① 간호사는 원만한 인간관계와 효과적인 의사소통기술을 향상시키기 위해 노력하여야 한다.

② 간호사는 건강교육자로서 건강행위의 실천과 모범을 보여야 한다.

③ 간호사는 계속 학습을 통해 직무능력을 유지하고 개발하도록 노력하여야 한다.

④ 간호사는 시·도 간호사회, 의료기관, 분야별 학회, 연구회 등에서 주관하는 연수, 보수 교육에 참여하여 새로운 간호지식과 기술을 습득하고 연마하여야 한다.

제28조(간호연구 활동)

① 간호사는 간호지식체계 및 기술 개발을 위해 연구 활동에 참여하고 연구결과를 실무에 활용하여 간호의 질을 향상시키도록 노력하여야 한다.

② 간호연구자는 연구 참여 대상자에게 연구목적을 충분히 설명한 후 자발적인 동의를 받아야 한다.

③ 간호연구자는 연구과정 및 결과와 관련해 연구대상자의 사생활과 익명성을 보장하여야 한다.

④ 간호연구자는 연구방법에 대한 지식을 갖추어 연구과정에서 대상자에게 위해를 가하지 않도록 노력하여야 한다.

제29조(전문직 단체 활동)

① 간호사는 전문성 향상 및 권익보장을 위하여 대한간호협회, 한국간호과학회 등 전문직 단체 활동에 적극 참여하여야 한다.

② 간호사가 전문직 단체행동에 참여할 때는 대상자의 안전과 이익을 우선적으로 고려하여야 한다.

제30조(간호정책 참여)

① 간호사는 간호 관련 정책의 형성과정과 입법 활동에 관심을 가지고 참여하여야 한다.

② 간호사는 국민건강을 위한 보건의료환경 조성에 필요한 제도나 정책을 국가와 사회에 요구하여야 한다.

③ 간호사는 국가의 보건의료환경에 관한 제도나 정책의 수행과정을 감시하여야 한다.

제5장 협력자에 대한 윤리

제31조(존중과 협력)

① 간호사는 보건의료인으로서의 고유한 역할과 직무가치를 이해하고 존중하며, 직무상 상호협력적인 관계를 유지하여야 한다.

② 간호사가 다른 보건의료인에게 업무를 위임할 때에는, 서로 협력하며 책임 한계를 명확히 하여야 한다.

③ 간호사는 다른 보건의료인들과 상호 비방, 모함, 사생활 공개, 폭력 등의 언행을 삼가야 한다.

④ 간호사는 보건의료인 등 협력자와 갈등이 있을 때 대상자의 안전을 최우선으로 여겨야 한다.

제32조(의사처방 확인) 간호사는 의사의 처방을 수행하기 전에 처방이 대상자에게 최선의 이익을 줄 수 있는 것인지를 확인해야 하며, 부적절하다고 판단될 때 이를 의사에게 알려야 한다.

제33조(대외협력)

① 간호사는 국민의 건강요구 충족을 위한 지역적, 국가적, 국제적 노력에 협력하여야 한다.

② 간호사는 사회 재난 및 국가 위급 상황에서 간호사의 협력을 필요로 할 경우 적극적으로 참여하여야 한다.

부 칙

이 지침은 대의원총회에서 의결한 날로부터 효력을 발생한다.